공마당

공마당

정미경 소설집

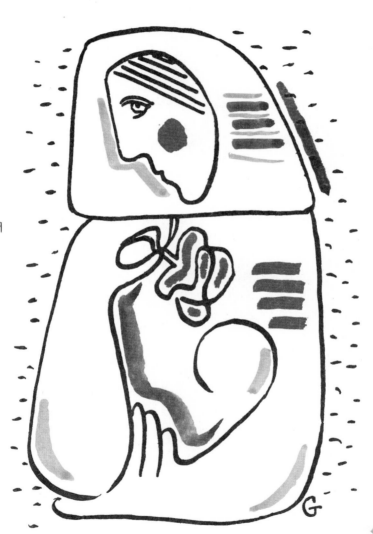

각의 늪에서
집어낸
48
순

학들

| 차례 |

공마당

양옆으로 땋은 갈래머리를 달랑거리며 나는 집에서 폴짝폴짝 뛰어나와 공마당에 선다. 엄마는 이 갈래머리를 뒷머리 중앙에 일직선으로 가르마를 내어 양쪽으로 높이 치올려 묶은 후 다시 촘촘히 땋아 내렸다. 그 탓에 얼굴 목 등의 살갗이 추켜세워져 고개 움직임이 몹시 불편하다.

아침마다 되풀이되는 일이지만 오늘따라 엄마는 유난스레 내 머리에 공을 들였다. 엄마가 가르마를 타는 동안 나는 부산스럽게 왔다 갔다 하는 괘종시계 추를 쏘아보느라 눈알이 핑그르르 돌았다. 가르마 타기는 큰 바늘이 1에서 3으로 넘어가도록 계속되었다. 오늘은 엄마가 직접 손뜨개질한 분홍빛 스웨터를 고르는 데도 한참이 걸렸다. 거기다 나를 물끄러미 바라보기까지 했다.

엄마는 예쁘다. 작은 얼굴에 박혀 있는 속 쌍꺼풀의 눈과 오똑한 코와 그리고 적당히 도톰한 입술. 그것들은 엄마만의 사랑스럽고 여자다운 분위기를 만들어낸다. 그러나 내리뜬 눈과 굳게 다문 입과 오뚝 솟은 칼날 같은 콧대는 고집스러워 보인다. 무언가를 완강히 거부하는 듯하다.

엄마와 내가 함께 있을 때 사람들은 엄마를 보며 참하고 예쁘다고 말한다. 그들은 나에게 엄마를 쏘옥 빼박았네, 하면서 당차 보인다고 덧붙인다. 그때마다 엄마는 '아니요, 착해요.' 하고 그들의 말을 한사코 수정한다. 말수가 적은 엄마가 사람들에게 덤비듯이 나를 착하다고 항변할 때 나는 못마땅하다. 그 말속에는 엄마처럼 살아야 한다는 뜻이 담겨 있는 것 같아서다.

엄마는 어둠을 좋아한다. 우리 집 안방은 볕이 들지 않아 대낮에도 캄캄하다. 엄마는 항상 어두운 방에서 군용 담요를 네 귀 흐트러짐 없이 깔아놓고 오롯이 앉아 있다.

엄마는 밖에 나가는 일이 거의 없다. 외가에도 친가에도 가지 않는다. 가는 곳은 시장과 극장이 유일하다. 엄마는 해 질 녘에 시장에 가고 이른 아침에 극장에 간다. 그때마다 예쁜 옷을 입는다. 엄마는 한없이 가벼워서 나비처럼 보인다. 아지랑이처럼 둥둥 떠가는 것 같다. 옷장에는 엄마의 옷들이 많다. 외출도 하지 않는 엄마가 옷은 왜 사는지 또 언제 사는지 나는 늘 의문이다. 옷장 속에서 옷을 꺼내 벽에 걸어두고 그것을 바라보기만 한다. 옷은 매번 바뀐다. 나는 엄마가 그 옷들과 함께 날아가 버릴 것 같다.

엄마는 때로 집주인인 공떡 할머니 구멍가게에 간다. 엄마는 할머니를 고흥댁이라고 하지만 공마당 사람들은 공떡이라고 한다. 나는 공떡 할머니라고 부른다. 공마당과 잘 어울리는 듯해서다. 공떡 할머니는 혼자 살면서 독립운동을 했다는 남편의 사진과 6·25 때 전사했다는 공군 아들의 사진을 구멍가게에 들어서는 사람이 볼 수 있는 자리에 걸어두었다. 볕이 들지 않은 구멍가게에서 사진은 거의 눈에 띄지 않는다. 구멍가게가 얼마나 어두운지 나는 안다. 세상의 모든 어둠과 고요가 거기에 다 모여 있는 것 같은 착각이 들 정도다. 귀와 눈이 어두운 공떡 할머니는 외출할 때 공마당 쪽으로 난 유리문을 안으로 걸어 잠그고, 그 뒤로 양은 철판 문을 붙여 닫고, 우리가 사는 안채로 이어진 문에도 자물통을 걸어 잠근다.

어느 날 나는 공떡 할머니가 외출하고 없을 때 그곳에서 나오는 엄마를 보았다. 엄마는 자물쇠를 꾸욱 눌러 채워두고 주위도 돌아보지 않은 채 허적허적 방으로 들어갔다. 엄마의 발은 땅에 붙어 있지 않았다. 먹물 같은 어둠에 감싸인 채 두웅 떠서 날아가는 것처럼 보였다. 손에는 아무것도 없었다. 나는 자물쇠 고리를 가만히 들어 올려 보았다. 자물통은 잠겨 있지 않았다!

엄마는 점점 그곳에서 머무는 시간이 길어졌다. 며칠 전에는 들어간 뒤로 좀체 나올 줄을 몰랐다. 곧 공떡 할머니가 돌아올 시간이었다. 금방이라도 나타날까 봐 겁이 났다. 나도 모르는 사이 그곳으로 들어갔다. 아니 빨려 들어갔다. 어찌나 어두운지 아무것도 보이지 않았다. 엄마는 마룻장 아래 몸을 웅크린 채 무엇인가를 찾고 있었다. 나는 엄마의 기이한 행동에 너무나 놀라서 곧장 뛰쳐나왔다. 무서웠다. 엄마의 행동보다 더 무서운 것은 어둠이었다. 커다란 동굴 같은 어둠이 덥석 나를 삼켜 버릴 것 같았다.

엄마가 강조하는 '착해요' 하는 말에는 어둠이 묻어 있다. 어둠 속에서 살면서 그것을 감추려는 엄마의 필사적인 노력. 나는 착하다는 말은 딱 질색이다. 답답하고 숨이 막힌다. 나는 엄마에게는 착한 아이로, 사람들에게는 당찬 아이로 그렇게 살아간다.

나를 물끄러미 바라볼 때 긴 생머리를 하나로 묶은 엄마가 참 예쁘다고 생각했다. 그뿐이었다. 몇 번이고 머리를 묶고 푸는 것을 반복하는 엄마 때문에 나는 짜증이 났다. 한참 동안 나를 바라보던 엄마는 잊지 않고 말했다.

"고물상 가지 말고. 그 반란군 떼 득실대는 도적들 소굴 같은 곳."

기다리고 있을 별순이를 생각하자 조바심이 났다.

어제 수업을 마치고 교문 앞에서 별순을 기다렸다. 교실에서는 서로 알은체를 하지 않는다. 헝클어진 머리와 땟국물 절은 옷을 입은 별순이 옆에는 반 누구도 가기를 꺼려 한다. 숙제도 해오지 않고 수업 시간에 졸기 일쑤여서 선생님한테도 늘 꾸지람을 듣는다.

별순의 뒤를 따라 걷다 공마당에 이르는 골목길로 접어들었을 때야 나는 곁으로 가서 어깨를 툭 쳤다. 별순은 무심한 눈길로 나를 힐끗 쳐다보았다. 숱 많은 단발머리가 앞으로 쏟아져 얼굴의 반을 가렸다.

"나 이제 너랑 못 놀아."

별순은 다짜고짜 말했다. 입술을 깨물며 왜냐고 묻자 언니들이 집을 나갔기 때문이라고 했다. 평화고물상은 내 유일한 놀이터이고 별순이 있어야 그곳에 갈 수 있다.

뚜벅뚜벅 앞서 걷는 별순의 뒤를 종종걸음으로 따라 걸으며 왜 언니들이 집을 나갔느냐고 물었다.

"우리가 보는 앞에서 엄마에게 또 쇠파이프를 휘둘렀어. 다신 안 그러겠다고 무릎을 꿇고 혈서까지 썼던 작자야."

별순은 화가 날 때 자기 아버지를 그 작자라고 말한다. 별순은 작은언니 대신 엿물을 고아야 하고, 큰언니 대신 제과점과 만화방, 그리고 극장에 엿 배달을 가야 한다며 투덜거렸다. 극장이라는 말에 나는 솔깃해졌다.

"엄마가 하면 되잖아. 네 엄마는 왜 일을 하지 않는 거야?"

온몸에 멍이 든 채로 반쯤 넋이 나가 있는 별순 엄마를 떠올리며 물었다.

"함부로 말하지 마. 울 엄마 욕하는 사람은 다 죽일 거야, 누구든."

별순은 할퀼 듯이 으르렁댔다. 바짝 따라붙어 틈새를 노려 평화고물상에 갈 기회를 엿보고 덤으로 극장까지 따라붙을 속셈이었던 나는 별순이 발악해대는 것을 보고 엄마 얘길 꺼낸 것을 곧 후회했다.

"내가 도와줄게."

우뚝 걸음을 멈추고 뒤돌아선 별순은 입언저리를 추켜세운 채 니가? 옷 때문에 놀이에도 끼어들지 못하는 주제에? 하는 표정으로 나를 바라보았다.

"시장에 엿물도 받으러 가야 하고, 장작불 피워 엿물을 고아서 아저씨들이 엿을 만들 수 있도록 해주어야 해. 너 집에서 나올 수 있어? 늦은 밤까지 일해야 해."

나는 학교에서 돌아오면 입었던 옷을 벗어 단정하게 옷걸이에 걸어놓는다. 별순이는 옷 한 벌로 한 계절을 나는데 나는 학교 갈 때 입는 옷, 집에서 입는 옷이 다르다. 잠옷도 따로 있다.

엄마가 차려준 점심을 먹은 뒤 숙제를 하고, 복습과 예습을 하고, 다음 날 준비물을 챙긴다. 엄마는 옆에서 연필을 깎는다. 내 2단 필통에는 12자루의 연필이 키 순서대로 가지런히 꽂혀 있다. 이는 날마다 순서가 바뀌는 일 없이 되풀이된다. 엄마가 정해놓은 규칙이다. 엄마에게 그것은 생명이다. 이 모든 일을 마쳐야 나는 공마당에서 놀 수 있다. 옷이 더럽혀져서는 안 되기 때문에 아이들과 엉켜 놀지 못하고 물끄러미 바라보다 집으로 돌아간다. 그것을 알고 있는 별순은 입을 삐죽거리며 재차 집에서 나올 수 있는 것인지를 물었다. 한참을 망설이던 나는 그럴 수 있다고 대답했다. 그러나 별순은 호락호락하지 않았다.

"대신 조건이 있어."

나는 기분이 확 나빠졌다. 공부도 못하고 친구도 없는 주제에 나 같은 친구가 곁에 있어주는 것만으로도 고마워해야 할 처지였다. 나의 그런 심사를 알아차린 듯 별순은 싫으면 관두라며 등을 돌렸다.

"그래 좋아."

내 대답을 기다리기라도 한 듯 별순이는 곧장 걸음을 되돌려 만화방으로 향했다. 만화방에 도착한 별순은 주인에게 이제부터 자신이 엿 배달을 할 것이라고 말했다. 그래 놓고는 만화에 빠져들었다. 나는 구석에 앉아서 별순이를 기다렸다. 만화 따위는 별순이와 같이 미래에 대한 꿈이 없는 아이들이나 보는 것이다. 나는 책읽기를 좋아한다. 방 안에 틀어박혀 있는 엄마 곁에서 소공녀를 읽고 소공자를 읽고 삼총사를 읽고 장 발장을 읽는다. 사실은 내가 책을 읽는 것은 옷을 더럽히는 것을 끔찍이도 싫어하는 엄마 때문이다. 아이들과 뛰어놀 수도 없는 내가 할 수 있는 일은 그것밖에 없다. 별순은 순식간에 만화를 읽어치우고 만화방을 나와 시장으로 갔다.

"오늘밤 올 거지?"

공마당에 이르러 번갈아가며 들고 왔던 엿물 담긴 철통을 번쩍 들어 머리에 이면서 당당하고 명령하듯 별순이 물었다. 나는 망설였다. 반나절을 끌려다닌 탓에 나는 몹시 힘들었다. 어느덧 공마당에 거뭇거뭇한 땅거미가 내려앉았다. '네 요년, 엄마 잘 살펴야 해.' 집에 올 때마다 종주먹을 들이대는 외할머니가 떠올랐다. 엄마를 잊고 있었다니.

"네 엄마가 나와 이렇게 만나는 사실을 알고 있니?"

뜨끔했다. 머뭇거리는 사이 별순은 같이 집에 가서 엄마에게 말해줄 수도 있다고 지껄였다. 마을 사람들이 평화고물상을 얼마나 꺼리는가를 모르지 않을 터였다. 나는 펄쩍 뛰었다. 호락호락 별순의 말에 따를 수는 없었다. 공마당에서 우등생으로 군림하는 내가 그깟 영화 때문에 별순 따위에게 굴복할 수는 없는 노릇이다. 나는 다만 땅거미가 짙어가는 것을 초조하게 바라보면서 엄마를 생각할 뿐이었다. 별순이 다가와 내 귀에 속삭였다.

"오늘 밤 그 작자를 죽일 거야. 같이할 거지?"

별순의 아버지는 평화고물상 사장이다. 내 아버지처럼 거의 집에 없다. 그가 보일 때는 별순 엄마가 매를 맞을 때다. 그는 마당에 뒹구는 쇠붙이 중에서 무엇이든 집어 들어 별순 엄마에게 휘두른다. 간혹 밤이면 나는 엄마 몰래 집에서 빠져나와 별순의 엄마가 맞는 모습을 숨죽여 구경하고는 했다.

할 말을 잃은 채 어둠 속에서 희번덕거리는 별순의 눈동자를 바라보았다. 주위를 살피면서 별순은 나를 담장 아래로 밀어붙이고 내 대답을 기다렸다. 다리가 후들거렸다.

집에 도착하자 엄마가 마당 우물가에서 서성거리고 있었다. 나는 재빨리 옷부터 훑었다. 흰 운동화, 녹색 멜빵 나팔바지, 흰색 블라우스가 엉망이 되어 있었다. 겉에 걸쳤던 빨간 털 코트는 어디에 둔 것인지 기억조차 나지 않았다.

"반란군 새끼같이."

엄마는 내가 조심스럽게 벗어 내놓은 옷들을 한데 둘둘 뭉쳐 빨랫대야에 거칠게 내던졌다.

외할머니는 엄마가 병을 앓고 있다고 했다. '염병할 세상을 만난 거지, 지가 뭔 죄를 졌다고. 그깟 놈의 세상, 지 죽인 더러운 세상에 폐부까지 고였을 울분, 썩은 가래 뱉듯 싹 끌어올려서 팍 찌끄러버리고 살지, 뭔 죄를 졌다고 섞이를 못해. 언제까지 눈 귀 입 틀어막고 지 숨통 죄며 살 것이여.' 그러니까 엄마는 세상과 섞이지 못하는 병을 앓고 있다. 아버지 때문일까. 엄마는 어두운 방에 들어앉아서 가끔씩 나타나는 아버지를 기다리는 것일까. '쓸 만한 놈들은 죄다 뿌리치고 어쩌다 뜬구름 잡는 그런 위인을 만나 이 청승을 떨고 사느냐는 말이지.' 나는 외할머니의 이 말에 동의한다. 아버지는 예비군 중대장이다. 그리고 건축 일을 한다. 개발을 하는 곳이면 어디든 간다. 아버지는 얼굴이 가물가물 잊힐 때 쯤 한 번씩 나타난다.

엄마가 옷을 내던지는 것을 보면서 나는 죄인처럼 잔뜩 움츠렸다. 그러나 방심하는 순간 와락 웃음이 쏟아져 나올 것 같아 입을 막았다. 나는 톡, 하고 정교하게 세워져 있는 도미노의 첫 부분을 건드린 것이다. 순식간에 와르르 무너져 내리는 그 모습을 상상하자 누가 간지럼을 태우는 것처럼 온몸이 뒤틀렸다. 짜릿했다. 내가 만든 도미노 게임이 통쾌하기 이를 데 없었다.

반란군 떼 득실대는 도적들 소굴 같은 고물상. 그곳에 가지 말라며 엄마가 목소리를 높여 말했다. 평소 엄마의 말소리는 나직하고 조용하다. 높이지도 낮추지도 않는다. 엄마는 크게 기뻐하는 일도 화를 내는 일도 없다. 나는 반란군이라는 말을 할 때 엄마의 음성이 달라진다고 생각한다. 그 말을 할 때 때로는 높아지고, 때로는 낮아지며, 가끔은 웅얼거린다. 내가 혼이 날 때는 가끔 옷차림이 흐트러질 때다.

"옷이 그게 뭐야. 꼭 반란군 새끼 같아."

어제처럼 어쩌다 아주 가끔 듣는 말이지만 그 말을 할 때 엄마의 목소리는 단호하다. 엄마의 것 같지 않다. 그럴 때 나는 반란군이 북한 괴뢰군쯤 되는 모양이라고 상상한다. 세상에서 북한 괴뢰군만큼 무서운 것이 있을까. 대통령은 반공방첩을 이야기하고, 학교에서는 '나는 공산당이 싫어요.' 하고 말한 이승복의 동상을 세우고, 동네 사람들은 담장마다 붉은 페인트로 멸공 혹은 반공이라는 글자를 써놓고 하지 않은가. 북한 괴뢰군은 필시 뿔 몇 개쯤

달린 도깨비처럼 생겼을 게 틀림없다. 포스터를 보면 뿔 달린 도깨비가 험악한 표정으로 날카로운 가시가 박힌 방망이를 들고 있지 않은가. 나는 1학년 때부터 줄곧 현충일과 6·25가 들어 있는 6월이 되면 공산당, 북한 괴뢰군이 얼마나 무서운지, 그를 물리치는 대통령이 얼마나 훌륭한지 하는 내용의 글을 써서 상을 받고는 한다. 빨갱이라는 말은 입에 담기조차 무서워서 쓰지 못한다. 이번 호남예술제에서는 대상을 받았다. 전학을 오기 전의 시골학교 애국조회 내용을 담은 글이었다.

시골학교에서는 매일 아침 애국조회를 했다. 국민의례를 마치면 우리는 박정희 대통령 노래를 불렀다. 일하시는 대통령 이 나라의 지도자 삼일정신 받들어 사랑하는 겨레 위해 오일육 이룩하니 육대주에 빛나고 칠십 년대 번영은 팔도강산 뻗쳤네 구국의 새 역사는 시월유신 정신으로.

반란군이 괴뢰군일까. 엄마가 말하는 걸 보면 괴뢰군이 분명하다. 참샘 가는 길, 미로와 같은 좁은 골목 으슥한 곳에서 어느 집 시멘트 담장에 씌어 있는 반공방첩이라는 글자들을 검정 페인트로 덧칠하던 미친 청년이 불쑥 떠오른다. 마을 사람들이 반란군 새끼라고 손가락질하는 청년이다. 뒤이어 떠오른 얼굴은 별순이 오빠다. 별순이 오빠는 기술중학교에 다닌다. 또래보다 나이가 네댓 살이나 많다. 별순이 오빠가 기술중학교에 다니는 것도 반란군과 관련이 있다. 그것 때문에 입학을 시켜주지 않아 국민학교도 못 다녔다고 했다.

나는 목소리가 한껏 높아진 엄마에게서 간혹 '반란군'이라는 말을 듣는다. 나는 그것이 또 예비군, 국군, 월남군과 같은 군대 중 하나일 거라고 짐작한다. 아버지는 6·25 참전 용사이고 예비군 중대장이다. 또 별순이 집에 사는 김 씨 아저씨는 월남참전군인이었다고 했다. 반란군이 무엇이길래 엄마가 저렇게 목소리를 바꾸는지 알 수 없다.

오늘따라 유난스레 등교하는 차림새에 공을 들인 데다가 나를 바라보기까지 한 엄마 때문에 나는 조바심이 났다. 엄마가 내 앞 이마의 잔머리 두어 올까지 정리하기를 마치는 순간 나는 서둘러 집에서 나왔다.

하늘을 올려다본다. 한겨울의 하늘은 살얼음 깔린 호수 같다. 혹은 성에 잔뜩 낀 유리창이거나. 바늘 끝이라도 닿으면 쩌어억 금이 가 금시 유리구슬 같은 파편을 쏟아낼 듯하다. 재향군인회라는 간판을 달고 있는 건물은 유리창이 여기저기 깨지고 벽은 온통 낙서투성이다.

건물 끝 좁은 골목 입구에 비죽 내민 평화고물상 간판이 눈에 들어온다. 고물상답게 간판도 낡아 철판에 흰색 페인트로 써놓은 글자는 다 떨어져 나가고 간신히 형체만 남아 있다.

그때 평화고물상 엿장수들이 리어카를 내밀며 꾸물꾸물 모습을 드러낸다. 강아지 털과 같이 보풀보풀한 털이 들어 있는 귀마

개 겸한 검정 모자를 머리에 쓰고, 마스크를 두른 채다. 그들은 차례로 리어카를 빙 둘러 세우며 엿판의 엿들을 정돈한다. 강엿 흰엿 깨엿 콩엿 가락엿들이 맛깔스러워 보인다. 여린 아침 햇살이 총총걸음으로 엿판 위에 내려앉자 엿들은 더욱 눈부시게 빛난다.

하루를 함께할 엿판 점검을 끝내고 엿장수들은 손가락에 가위를 걸친 채 각자 쩔거덕쩔거덕 소리를 낸다. 합주에 들어가기 전 각기 자신이 맡은 악기를 맞춰 보는 것처럼 가위 소리를 점검한다. 누군가의 입에서 '어~허~ㅅ' 하는 구성진 소리가 흘러나오자 리어카 주인들이 빙 둘러선다. 동시에 일제히 가위들의 합주가 시작된다. 그들은 신명나게 가위질을 한다. 가락을 탄 흥겨운 가위 소리는 길게 누워 있던 공마당을 깨우고, 골목을 돌아 청명한 겨울 하늘을 가른다. 내 가슴은 마치 운동회 때 펄럭이는 만국기를 바라볼 때처럼 부풀어 오른다. 소리가 하늘에 가 닿았다 돌아올 때쯤 그들은 차례로 골목을 빠져나간다. 그들이 돌아올 때 엿판 위의 달콤한 엿들은 사라지고 낡고 닳은 물건들이 각각의 시간과 함께 리어카 가득 실려 올 것이다.

나는 눈가에 배어 나오는 눈물을 찍어 누른다. 이상한 일이다. 그들이 내는 가위 소리는 들을 때마다 가슴이 뭉클해진다. 그 속에서 엿가락처럼 끈적끈적한 것이 묻어나온다. 엄마는 가끔 '산다는 것이, 참……' 하고 홀로 읊조린다. 엄마가 저 소리를 듣는다면 산다는 것은 저들이 내는 가위 소리처럼 신명나면서도 별순이 집

장판에 들러붙은 엿 조각처럼 끈적끈적한 것이라고 생각할까.

공마당은 다시 조용하다. 가슴이 뻥 뚫린 듯하다. 그것은 묘한 느낌이다. 언젠가 북적대는 장에 갔다가 엄마 손을 놓쳤다. 사람들 틈바구니에 끼어 엄마가 점점 떠밀려 인파 속으로 사라지는 것을 보면서 마치 아지랑이가 떠가는 듯한 착각에 사로잡혔다. 달려가 잡을 수도 없고 잡힐 것 같지도 않은 그것.

고오~옹. 입술을 오므린 채 길게 소리 내어 본다. 그러자 어떤 구멍이 떠오른다. 별순 엄마의 것이거나 내 엄마의 것 같기도 하다. 공마당과 두 사람의 눈동자, 그로 인해 내 가슴에 뻥 뚫린 구멍. 비어 있다는 점에서 그것들은 서로 닮았다.

다시금 기다리고 있을 별순이 떠오른다. 오늘 드디어 별순이를 따라 극장에 간다. 나는 공마당을 휘 둘러본 뒤 재빨리 엄마가 정성 들여 땋아 내린 머리에서 고무줄을 빼낸다. 손가락을 넣어 머리카락을 훑어 내린 후 좌우로 고개를 세차게 흔든다. 머리카락이 어깨 위로 와르륵 쏟아진다. 재향군인회 건물 출입 유리문에 비친 내 모습을 슬쩍 훔쳐본다. 머리는 마치 파마를 한 것처럼 부풀어 있다. 열한 살의 모습은 어디에도 없다. 나는 만족스럽게 씨익 웃는다. 네 귀 반듯하게 담요를 깔아놓고 그 위에 한 치의 흐트러짐 없이 앉아 있을 엄마가 떠오른다. 나는 깡충거리며 평화고물상을 향해 간다.

매점에 엿을 넘기고 내 손을 잡은 별순이 매표소 출입문 쪽을 힐끗거린다. 아저씨는 두 아가씨로부터 표를 건네받고 있다. 별순이 나를 끌고 뛴다. 그리고는 화장실 칸막이로 밀어 넣는다. 고막을 찢듯 길고 요란하게 영화 시작을 알리는 벨이 울린다.

자막에는 대한뉴스가 떠 있다. 박정희 대통령이 비행기에 올라 태극기를 든 채 환호하는 사람들에게 손을 흔들어 보인다. 내 글 속에서 언제나 빛나는 대통령. 내 마음은 온통 나라에 대한 자랑스러움으로 벅차오른다. 별순의 입도 헤 벌어져 있다. 극장 안을 휘 둘러본다. 오전이어서인지 사람이 별로 없다.

"걸리면 쫓겨나."

우리는 등 받침대 높이에 맞춰 몸을 접는다. 드디어 영화 별들의 고향이 시작된다. 나는 벽보판에 포스터가 붙는 순간부터 이 영화가 보고 싶어 안달이 났다. 그것은 별 때문이었다.

노총각인 담임 선생님은 반에서 공부 잘하는 아이 몇 명을 뽑아 밤마다 공부를 가르쳐 준다. 끝나면 친구들은 마중 나온 엄마와 집으로 돌아간다. 나는 선생님이 공마당까지 데려다준다. 시내를 벗어나 공마당에 이르면 하늘에 총총 박혀 있는 별들이 눈 안 가득 들어온다. 담임 선생님은 나에게 별자리에 대해서 이야기한다. 샛별, 카시오페이아, 북두칠성, 북극성.

내 어깨에 손을 얹고 선생님은 별자리에 얽힌 신화들을 들려준다. 선생님의 손길이 닿으면 가슴이 콩닥거려 이야기가 귀에 잘 들어오지 않지만 이내 신화 속으로 빠져든다. 별순이 이름 앞에 '별'이라는 글자를 선사한 것도 선생님 덕분이다. 더벅머리 별순에게는 빛나는 것이 두 개가 있는데 그것은 작아서 보이지 않는 눈동자와 덧니이다. 그것들은 어쩌다 별순이가 웃을 때 가끔, 아주 가끔 볼 수 있다. 별순이가 처음 웃을 때 빛나던 그 눈동자를 나는 잊을 수 없다. 그래서 나는 가운데 이름자를 빼고 별을 선물해 주었다. 별순이도 싫지 않은 모양이었다.

"신기루 본 적 있어?"

느닷없이 별순이 두 손으로 눈을 가린 채 묻는다. 화면에는 신성일과 여자 주인공이 발가벗은 윗몸을 드러낸 채 누워 있다. 꼬불꼬불한 파마머리에 입술을 붉게 칠한 여자 주인공이 '여자란 남자에 의해 잘잘못이 가려져요.' 하고 말한다. 신기루라니. 별순의 입에서 나온 말이라고 믿어지지 않는다. 뜻밖이다. 나는 의자 등받이 아래로 구겨 넣었던 몸을 세워 별순을 바라본다.

"나는 신기루 있는 곳을 알아. 우리 엄마가 좋아하는 곳이야. 엄마는 자주 그것을 보러 가. 몰래 따라가 보았지만 한 번도 보지 못했어. 네가 원한다면 데려가 줄게."

가슴이 뛴다.

"너에게만 말하는 거야. 우리 가족은 곧 신기루 같은 세상에서 살게 될 거야. 엄마가 그랬어. 난 그 말을 믿어."

별순은 누가 듣기라도 하는 것처럼 주위를 둘러본다. 그리고 목소리를 낮춰 말한다.

"난 아버지를 꼭 죽일 거야. 죽이고 말 거야. 그 작자만 없으면 우리 가족은 신기루 같은 세상에서 살 수 있어."

별순이 나를 쏘아본다. 어젯밤 일을 질책하는 눈빛이다.

어젯밤 평화고물상은 여느 때와 마찬가지로 대문이 활짝 열려 있었다. 대문에서부터 시멘트 담장 위로 군데군데 철을 세운 뒤 지붕 끝과 연결하여 천막을 쳐놓았다. 천막 아래로 가구들이 자리를 차지하고 헌책이며 만화, 신문, 잡지, 그리고 인형, 옷 따위가 무더기로 쌓였다. 마당에는 쇠붙이들이 뒹굴었다. 천막을 지탱하기 위해 중앙에 세워둔 쇠기둥엔 전선을 늘어뜨린 채 30촉 백열등이 희미한 빛을 뿜어냈다.

나는 한때 한 사람의 것에 속했던 것들이 시간이 흘러 쓸모없게 됨으로써 버려진 것들을 바라보았다. 본 적 없는 이들의 삶이 전해오는 듯했다. 그것들은 뒤죽박죽 헝클어진 속에서 각각 재생을 꿈꾸고 있는 듯 보였다. 나는 방 안에 오롯이 앉아 있는 엄마를 떠올렸다. 엄마는 점점 어둠에 물들어 간다. 엄마의 삶은 재생될 수 있을까.

슬며시 방문이 활짝 열려 있는 엿장수들의 방을 들여다보았다. 때 절은 베니어 장판이 군데군데 검게 그을려 있었다. 절절 끓는 방 안의 온기가 얼굴에 훅 끼쳤다. 웅크린 채로 잠든 엿장수들 사이에서 몇은 만화책을 들여다보며 키들거렸다.

"그때 아부지가 죽었제."

입구 쪽 소파가 놓인 자리에서 들려오는 소리였다. 걸걸한 목소리는 수통다리 영감의 아들로 김 씨 아저씨와 막걸리를 마시고 있었다. 김 씨는 월남 전쟁에 다녀왔다는 말 없는 아저씨다. 그는 평소처럼 팔다리를 드러내놓고 북북 긁어댔다. 월남 전쟁에서 얻은 병 탓이라고 했다. 그는 항상 개구리 무늬가 그려진 군복을 입었다. 가끔 자신의 옷을 들여다보며 놀라 비명을 지르고, 납작 엎드려 총을 쏘는 시늉을 했다.

"사장 각시 말이여. 장가도 안 간 작은아버지가 빨갱이 짓을 해갖고 아버지까지 죽어부렀제. 작은아버지가 아버지 일하는 술도가로 쫓겨 들어온께 숨겨 줬지. 경찰이 들이닥치자 같이 일하던 직원이 손가락질을 해 줬는갑서. 요 밑 경찰서로 잡혀갔지. 다음 날 둑실마을로 끌려갔다여. 그때 펑, 하는 소리가 여기 공마당까지 들렸는디, 6·25때 대포 터지는 소리는 암것도 아니었는갑드마. 군인들이 시퍼렇게 산 사람을 총살해갖고, 구덕을 파서 한꺼번에 때려 넣고는 기름을 들이부어… 그런께 그게 시체 터지는 소리였어. 거기 사장 각시 아버지랑 작은아버지가 있었던 거여. 우리 집 영감이 헌 소리여. 내 애비가 반란 때 시체 파묻는 일을 했다는 건 이 근방 사람들은 훤히 다 아는 사실이고."

나는 굽은 어깨에 뒷짐을 진 채 땅을 보고 걷는 수통다리 영감을 떠올렸다.

"영감이 시체를 가마니로 싸가지고, 새끼로 묶어서 지게에 짊어지고 올라가. 가마니로 싼 채로 구덕을 파서 그걸 줄줄이 묻어. 애들이랑 영감 뒤를 졸졸 따라다니는 거여. 계단을 올라갈 때는 그 다리, 수통다리만 보여. 다리에 파란 힘줄이 팍 튀어나온 그런 병 있잖어. 영감이 하도 그 일로 지게질을 많이 해서 생긴 병이여. 뒤에서 보면 파란 핏줄이 팍 튀어나와 있어, 지렁이같이, 막. 꿈을 꾸면 다리에서 수만 마리의 지렁이가 기어 나와. 그것이 죽은 사람들로 변하는 거여."

"뭔 그런 소리를 해싼가, 이 시퍼런 시상에. 그런 소리 허면 쥐도 새도 모르게 없어지네."

"자네가 물어봐서 허는 소리 아닌갑네."

"근디 사장 저 작자는 어쩐다고 한 번씩 저리 나타나서 뼈다구만 남은 각시를 뚜드러 패는가 몰라."

"즈그 처가가 반란군으로 안 몰려부렀다고. 그래 빨간 줄이 그어져서 지금껏 경찰이 따라붙고. 아들 하나 있는 거 학교서도 안 받아주고, 거기다 월남 전쟁도 못 가고 헌께 분풀이하는 거제. 복장 터지는 일이긴 헌디 그게 각시 죄란가."

알 수 없는 말들이었다. 별순 엄마는 오늘 밤도 쇠파이프로 맞은 것이 틀림없었다. 그 광경을 놓친 것이 아쉬웠다.

별순은 커다란 가마솥이 걸린 아궁이 앞에서 장작불로 오랫동안 고아 진한 갈색으로 변한 엿물을 커다란 항아리 뚜껑에 옮겨 담는 중이었다. 장작불 탓인지 곧 실행할 그 계획 때문인지 얼굴이 후끈 달아오른 채였다. 별순을 거들어 엿물 담긴 항아리를 엿장수들의 방으로 들고 갔다. 별순은 잠들어 있는 사내들 사이를 헤집고 다니며 툭툭 엉덩이를 찼다. 발길질을 받은 사내들이 구물구물 일어나 담배를 태워 물었다.

그들은 적당히 식은 강엿을 한 움큼 떼 내어 한편에 십자가 모양으로 세워둔 나무에 척 걸쳤다. 반들반들 닳은 나무에서 잡아 늘이기를 반복하자 이내 흰색으로 변했다. 그들은 익숙한 손놀림으로 가지각색 맛깔스러운 엿들을 만들어냈다. 평화고물상에서 별들처럼 빛나는 엿들이 탄생했다. 별순은 엿 만드는 데 사용했던 도구들을 아무렇게나 밀어놓고 나에게 눈짓을 하고는 자리를 떴다.

아저씨들이 모두 잠든 것을 확인한 뒤 녹슨 쇳조각과 쇠파이프들을 피해가며 안채로 걸음을 옮겼다. 쇳조각에 곰보딱지처럼 들러붙은 녹 떨어지는 소리가 들릴 정도로 주변은 조용했다. 뒤뜰에서 바람에 댓잎 이는 소리가 들렸다. 어른 팔뚝만 한 쥐들이 연신 발밑을 지나다녔다.

5촉짜리 빨간 전구의 불빛이 새어나오는 방문을 열고 안으로 들어섰다. 방은 발 디딜 틈 없이 너저분했다. 나는 무언가에 걸려 푹석 엎어졌다. 별순이 벌떡 일어섰다. 나는 별순의 손에서 희끗 광채를 발하는 물체를 보았다. 그것은 깨진 유리조각 같았다. 붉은 전구 아래서 별순은 수세미 같은 머리를 쓸어 올리며 낭패스러운 표정으로 나를 쏘아보았다. 희미하게 코 고는 소리가 들렸다.

나는 아래를 내려다보았다. 두툼한 이불 사이로 드러난 얼굴은 별순 아버지였다. 나는 잘못 들어간 것을 알아차렸다. 별순은 아저씨들이 모두 잠든 것을 확인하고 고물들 사이에 숨어 있다가 누구든 나오는 기척이 있으면 신호를 보내라고 했었다. 나는 황급히 방을 빠져나왔다.

밤은 깊어 고물로 뒤덮인 마당은 괴괴하였다. 나는 마당 끝 철물들이 쌓인 틈에서 오줌을 누고 있었다. 옷을 끌어올리다 멈칫했다. 철물들 사이에 놓인 의자에 앉아 담배를 피우는 별순 엄마를 발견했다. 공마당을 닮은 뻥 뚫린, 구멍 같은 눈으로 한곳을 뚫어져라 바라보고 있는 사람은 분명 별순 엄마였다. 녹슨 철물들 사이에서 뼈만 남은 몸을 가까스로 의자에 지탱하여 앉아 있었다. 그녀의 앙상한 팔목은 담배 하나의 무게를 지탱하기에도 버거워 보였다. 그녀의 손목이 전구의 필라멘트처럼 사르르 떨렸다. 나는 그녀가 담배 연기와 함께 사라져버릴 것 같은 착각에 빠졌다. 빨아들이는 담뱃불에 비친 그녀의 눈은 뻥 뚫려 구멍처럼 보였다. 다음 순간 그녀의 표정이 변했다. 중대한 결심을 한 사람처럼 눈동자가 희번덕 빛을 냈다. 그녀는 일어서서 휘청거리는 걸음으로 대문 밖을 나갔다. 나는 얼어붙은 듯이 서 있었다.

여자 주인공이 한 움큼의 약을 먹고 죽는 장면 위로 별들의 고향이라는 글자가 뜬다. 눈을 가리고 보는 내내 별순과 내가 그토록 기다렸던 별은 한 번도 나오지 않았다. 여기저기서 훌쩍거리는 소리가 들린다. 별순이는 아예 소리 내어 운다. 나는 여자 주인공이 살아 있기 때문에 말을 할 수 있고, 노래를 부를 수 있고, 춤을 출 수 있다고 말할 때 엄마를 생각했다. 엄마는 말하지 않고, 움직이지 않으며, 노래하지 않는다. 숨이 막힌다고 말할 때는 마치 엄마가 말을 하는 것 같았다. 사는 일은 저렇듯 분노하고, 절망하고, 울부짖다가 결국은 체념하여 가슴에든 눈동자에든 구멍 하나씩을 만드는 것일까. 여자 주인공은 죽어서 별들에게 갔을까.

"엄마 집에 있어?"

어젯밤 대문 밖으로 사라지던 별순 엄마를 떠올리며 묻는다.

"몰라."

의자에서 벌떡 일어나 별순의 팔을 잡아끌고 극장 밖으로 나온다. 갑자기 햇빛을 보자 낯선 세상에 온 것 같다. 멍하게 서 있다. 영문도 모른 채 끌려나온 별순도 눈이 부신지 시종 끔벅거린다. 책가방을 둘러맨 아이들이 삼삼오오 짝을 지어 지나간다. 나는 머리카락을 앞으로 쏟아내려 얼굴을 가린다. 어둠 속에 갇혀 있다 나온 세상은 이전과는 별개의 것인 양 느껴진다. 낯선 공간에서 느닷없이 맞닥뜨린 세상은 알 수 없는 두려움과 불안을 안겨준다. 나는 별순에게 제과점에 맡겨둔 책가방을 찾으러 가자고 채근한다.

"왜? 신기루는…?"

아직도 쏟아지는 햇빛에 익숙해지지 않은 별순이 미간을 잔뜩 찌푸린 채 묻는다. 나는 고개를 젓는다. 체념한 듯 별순은 제과점으로 향한다.

"너 때문에 실패한 거야. 오늘 밤 알지?"

바투 달라붙어 별순이 속삭인다. 제과점 문을 열자 심부름하는 계집아이가 다짜고짜로 소리 지른다.

"얘, 너 큰일 났어. 네 엄마가 기찻길에서 서성거리다 마주 오는 기차에 뛰어들었대."

그 소리가 누구를 향한 것인지 확인할 겨를도 없이 냅다 달린다. 온 세상이 빛, 빛뿐이다. 모든 것이 빛에 굴절되어 어른거린다.

땀으로 뒤범벅이 된 채 공마당에 도착한 나는 우뚝 선다. 여전히 공마당은 고요하다. 숨을 헐떡거리는 사이 굴절된 빛 너머로 무언가 어른거리다 사라지는 것을 본다. 아버지다. 엄마가 그토록 기다리던 아버지가 온 것이다.

그제야 나는 별순을 두고 왔음을 깨닫는다. 집으로 향하려던 걸음을 기찻길 쪽으로 되돌린다. 어젯밤 별순 엄마가 대문 밖으로 사라지는 것을 보고 가슴이 섬뜩해진 나는 쫓기듯 평화고물상에서 나왔다. 무슨 일인가 생길 것 같은 불안감에 쉬이 잠들지 못하고 밤내 뒤척였다. 내 곁에서 엄마도 잠을 이루지 못하고 한숨을 내쉬었다. 별순 엄마에 견주어 엄마의 삶은 얼마나 어리광처럼 느껴지던가. 나는 엄마의 삶으로부터 또 얼마나 도망치고 싶었던가.

공마당 끝 기찻길로 향하는 길목에 사람들이 모여 웅성거린다.

"고물상에 다람쥐 새끼같이 드나드는 저기 저 밤톨같이 생긴 쟈 즈그 엄마여.”

수통다리 영감 아들이다. 그 곁에 김 씨가 있다.

“…반란 때 경찰들이 총을 메고 들어가서 마을 사람들을 전부 당산으로 불러냈다드마. 한 아이가 오줌이 마려워 경찰 눈을 피해 살째기 당산나무 뒤로 갔는디 경찰이 따라 왔다여. 그놈을 붙들고 총을 찰칵찰칵 험시롬 반란군 봤냐고 물었다여. 무조건 모른다고 했지. 그때는 부모들이 통 모른다 그러라고 단단히 입단속을 시켰제. 그것이 상수여. 그러자 이 새끼 안 갈쳐주면 쏴 죽인다고 헌 거여. 그 머이매 엄마가 낳은 지 서너 달된 막내 여동생을 업고 와서 ‘어린 것이 뭘 안다고 총을 들고 그래요’ 했지. 아들이 놀라서 생말을, 그러니까 엉뚱한 사람을 반란군이라고 할까 싶으니까. 경찰이 ‘이 시발년이 뭐라헌다냐.’ 허면서 총으로 짓이겨부렀대.

그러고 있는디 그리로 가이내 하나가 지나간 거여. 이쁘장 허니 저 밤톨 나이만 했을 거여. 경찰이 그 가이내한테로 가서 대번에 멱살을 훔쳐 잡고는 이쪽저쪽 뺨을 갈기더니 총을 들이댔어. ‘너 반란군 연락가제.’ 가이내가 시퍼래져서는 고개를 끄덕해부렀어. 총을 들이대고 반란군 집으로 가자는 경찰에 의해 떠밀려 간 곳이 그 마을에서 젤 부잣집이여. 숨어 있는 곳을 말하라니까 가이내가 그 집 마루 아래를 가리켰어. 직접 들어가서 데리고 나오라 헌 거여. 뭐가 있을 거여. 결국 가이내가 들어갔는데 안 나와. 총을 쏘고 해도 안 나와. 눈깔이 뒤집힌 경찰이 집 주인을 나오라 그래. 집주인에게 반란군 재웠냐고 다그쳤지. 생억지지. 집 주인이 자기 집은 반란군 굴이 아니라고 했어. 그러자 두들겨 패. 반은 죽여 놔, 그냥. 그러자 그 사람이 생말을 해 분 거여. 누구는 반란군이고 누구는 그 심부름 했고…. 그날 네 사람이 죽었어."

"어찌 그리 본 거마냥 말을 헌다냐."

"마루 아래로 들어간 그 가이내가 저 밤톨같이 생긴 쟈 엄마여. 요 야그도 우리 집 영감이 헌 소리여."

나는 달린다. 반란군은 무엇인가. 현충일과 6·25가 들어 있는 6월이면 내 글 속에서 그토록 타도되었던 뿔 달린 도깨비인가. 별순이는 엄마를 지키기 위해 아버지를 죽이겠다고 했는데, 그 엄마와 신기루 세상에서 살고 싶다고 말했는데.

나는 달린다. 수통다리 영감을 만나야겠다. 눈물이 쏟아진다. 나는 고무줄을 꺼내어 마구 헤집어진 머리를 모아 묶는다. 공마당을 달린다. 아버지가 서성거리고 있다. 간밤 별순의 손에 쥐어져 있던 유리 조각이 눈에서 반짝 빛을 튄다.

온통 빛뿐이다. 모든 것이 빛에 굴절되어 어른거린다. 공마당은 여전히 고요하다.

계간 『문학들』 2020년 봄호

신
전

그 여름 나무 백일홍은 무사하였습니다. 한차례 폭풍에도 그 다음 폭풍에도 쓰러지지 않아 쏟아지는 우박처럼 붉은 꽃들을 매달았습니다.

그 여름 나는 폭풍의 한가운데 있었습니다. 그 여름 나의 절망은 장난처럼 붉은 꽃들을 매달았지만 여러 차례 폭풍에도 쓰러지지 않았습니다.

넘어지면 매달리고 타올라 불을 뿜는 나무. 백일홍 억센 꽃들이 두어 평 좁은 마당을 피로 덮을 때, 장난처럼 나의 절망은 끝났습니다.

– 이성복, 「그 여름의 끝」

1

음력 8월 열이레, 추석을 이틀이나 넘긴 밤이었음에도 달은 여전히 밝았다. 신전마을 32가구의 사람들은 잠자리에 들기 위해 방으로 들어가려다 말고, 문고리를 잡은 채 멈칫하였다. 고개를 돌려 하늘에 떠 있는 달을 올려다보면서 하나같이 추석을 이틀이나 넘긴 달이 보름날보다 더욱 덩실하다고 생각했다. 이번 명절에 한 번도 달과 마주한 적이 없었다는 것을 깨닫고 그것을 요상스럽게 여겼다. 일찌감치 잠에 떨어진 개구쟁이들을 제외하고, 칠순을 앞둔 이장으로부터 이제 가슴이 봉긋하게 솟아오른 열네댓 살의 소녀들에 이르기까지 대부분의 마을 사람들이 그랬다. 아무리 가족 친지들이 모여 북새통을 이루었다 해도 추석 보름달을 보지 못한 것이 마음에 걸렸다. 망연히 달을 쳐다보던 그들은 부쩍 쌀쌀해진 밤기운에 몸을 웅크리며 문고리를 잡았다. 또래들과 어울려 놀다가 일터로 돌아가기 위해 막 집에 도착한 스무 살의 팔팔한 두 젊은이들도 그 달을 보았다. 마루 귀퉁이에 꾸려놓은 보따리를 보며 떠나기 전에 잠시 잠든 노모의 얼굴이라도 들여다보자 하고 방으로 들어서려던 참이었다. 그중 하나는 금방 헤어진 애인의 얼굴을 떠올렸다. 열여덟 살이 된 그녀는 영근 알맹이들로 인해 터져버린 잘 익은 석류 같았다. 그가 부산으로 훌쩍 떠나지 못한 건 그녀의 달콤한 입술 때문이었다. 또 다른 젊은이는 가까운 시내 양은물통 만드는 곳에서 일하면서 술에 곯아 버린 자신을 위해 인삼 대추 밤 넣어 푹 고은 삼계탕을 마저 먹고 가라고 성화를 부려댄 노모를 생각했다. 두 젊은이는 일터에 생각이 미치자 노모가 잠들어 있는 방으로 성큼 들어섰다.

마을 사람들은 방으로 들어간 후에도 기왕에 마주 본 달을 향해 소원이라도 빌 걸 하고 못내 아쉬워했다. 그럴 만한 이유도 없이 심란한 감정에 사로잡혀 쉬이 잠들지 못했다. 오늘 따라 저 달이 참 요상스럽기도 하다 하면서도 생전 처음 갖는 그런 감정이 싫지는 않았다. 마치 무엇이라도 된 것처럼 폼을 잡고 가슴에 묻어둔 사연들을 들춰내 보기도 하며 뒤척거렸다.

방에 들지 않고 달을 계속 본 사람은 이장과 순영이였다. 이장은 마당으로 내려서서 하늘을 쳐다보면서 유난스럽게 달이 밝은 것은 7월 윤달이 든 때문이라고 생각했다. 윤달이 들면 이야깃거리가 많고, 송장을 거꾸로 세워도 탈이 나지 않는다던 옛말이 떠올랐다. 올해는 마을에 이런저런 일들이 많았으나 대체로 무탈하였다. 홍 씨는 성대하게 성주풀이굿을 했고, 장 씨는 지난해 집을 지은 데 이어 올해는 안사람이 쉰 줄에 들어 낳은 아들놈 돌잔치를 치렀다. 손이 귀한 집에서 그의 며느리 순영이도 곧 산달이 가까워 오니 경사가 겹쳤다. 이장 집안에서는 한 집 건너 사는 두 처남들이 작정하고 조상 묘 이장을 했다.

이장은 그동안 미뤄온 수의를 지었다. 그는 해를 넘기면 이순에서 칠순으로 접어든다. 종심이라고도 하는 그 나이가 되면 행하는 것들이 순리에 크게 어긋나지 않는다고 하였다. 이제 옳다 그르다 하는 것을 두고 분별하여 시비를 가리며 다투는 일이 줄어들까. 젊은 날에는 불미스러운 거 보아 넘기지 못하고 시시비비를 가리느라 주먹다짐도 했다. 풍채 좋고 괄괄한 성미 탓에 지금껏 이장을 맡아 해왔다. 그러나 이장 자리가 마을의 대소사를 결정하고 판단하는 데 있어 결단력뿐만 아니라 지혜도 갖춰야 하는 것이어서 그 자리에 앉아 있는 것도 녹록지가 않았다.

어머니는 평생에 걸쳐 장독대에 물 한 사발 올려놓고 치성 드리는 일을 하루도 빠뜨리지 않았다. 먼저 하늘을 살피고 얼마 안 되는 밭뙈기 논배미를 위해 비손을 했다. 어머니가 그랬던 것처럼 그도 또한 산중에 박혀 살면서 눈을 뜨면 마당으로 나와 하늘빛 먼저 살폈고, 그 빛에 따라 하루를 꾸렸다. 사람이 사는 것은 바람과 같았다. 바람은 땅덩어리의 수천수만 구멍에서 뿜어져 나오는 숨결이었다. 바람이 잠잠하면 모든 것이 순탄하게 돌아가지만 한번 크게 불어제치면 수많은 구멍들에서 잠자고 있던 것들이 들고 일어나 저마다 아우성을 쳐댔다. 따뜻한 바람, 매서운 바람, 가벼운 바람, 거센 바람 그것들은 서로 화답했고 뒤엉켜 할퀴었다. 그 구멍들에서 나오는 바람 소리는 하늘이 내는 소리였다. 하늘은 제 소리를 구멍들을 통해 드러냈다. 이장은 하늘빛과 땅덩어리의 온갖 소리들을 통해서 하늘의 뜻을 헤아렸다. 홍 씨와 장

씨, 처남들 생각으로 마음이 흡족해진 이장은 한편으로 걸리는 것이 있었다. 시절이 어수선하니 마을에서도 잊어버릴 만하면 총소리가 들리고는 했다.

이 신전마을은 이웃 여러 마을 중에서도 유난히 산이 깊어 산골 중의 산골이었다. 그러다보니 마을 주위에 산사람들이 많았다. 그들은 군인, 경찰과 교전을 치르기도 하면서 젊은 사람들을 산으로 데려가기 위해 기회를 노렸다. 불안감에 젊은이들을 비롯하여 힘깨나 쓰는 남자들은 거의 외지로 피신하고, 나이든 남자와 여자들이 어린아이들과 근근이 생활을 꾸리고 있었다. 산사람들은 밤이면 마을로 내려와 어느 집이든 들어가 식량이랄지 무엇이든 소용이 될 성싶은 것들을 들고 나갔다. 산골 살림들이 다 빤해서 그들이 들고 나가는 것이 값나가는 것은 아니었다. 식량도 간신히 주린 배에 기별이 갈 만큼 간당간당 남아 있는 터라 그나마 가져가면 아쉽기가 말할 것이 없었다. 마을을 지나치는 걸인에게도 모질게 할 수 없어 밥을 준비해두는 판에 산에서 얼마나 배를 곯았을까 하는 것에 생각이 미치면 그걸 또 야박하게 내칠 수도 없었다. 풍문에 의하면 그 사람들이 바다 하나를 사이에 둔 이웃 사람들에게 총질하라는 국가의 명령을 어겨 쫓겨 다니며 좋은 세상 만들자고 산으로 숨어들었다던 것이었다. 산중에 갇혀 사는 사람으로서 그 깊은 내막까지야 알 수가 없었다. 다만 군홧발로 들어와 찾는 것이 밥이고 어둠 속에서 허둥허둥 밥을 먹는 것을 보면 측은한 마음이 들었다. 이장은 얼마 전 산사람 소년병을 돌봐준 것이 내내 마음에 걸렸다.

두 달 전이었다. 마을 뒤 계곡에서 경찰과 산사람 간에 교전이 붙었다. 그날 밤 산사람 둘이서 허벅지에 총상을 입은 아이를 데리고 왔다. 그들은 이장을 비롯하여 마을 중심에 살던 사람들 몇을 불러놓고, 밑도 끝도 없이 아이를 맡기면서 치료를 요구했다. 완쾌시켜 줄 것을 당부하며 아이의 행적이 일체 노출되어서는 안된다고 말했다. 심지어 노출이 될 시에는 마을을 전멸시킬 것이라고 엄포까지 놓았다.

아이는 이웃 마을에서 한약방을 하고 있는 사람의 손자이기도 했고, 또 아이들끼리 서로의 마을을 드나들기도 했던 터라 낯선 놈은 아니었다. 아이는 열네 살이라고 했는데 나이에 비해 덩치가 컸다. 그들이 떠나고 난 뒤 놈은 자신이 빨치산 소년병이라고 묻지도 않은 자기소개를 했다. 아이는 조심하는 것도 없고 예의범절이라고는 찾아볼 수 없었다. 그러나 어린놈이 소년병이 된 것도, 경찰, 군인과 붙은 교전에서 총상을 입은 것도 다 어지러운 시국 때문에 벌어진 일이라 무턱대고 아이를 나무랄 수도 없는 노릇이었다. 나이도 어린 것이 무슨 죄인가 하는 측은한 마음에 마을 사람들은 아이를 맡아 각자의 집으로 데려가 십시일반으로 치료해 주었다. 평생을 두고 약방 문턱 한번 넘어본 일이 없는 마을 사람들로서는 약초 뿌리 캐다가 찧어 붙여준 것이 치료의 전부였으나 추수가 한창일 때 나름 정성을 다했다. 순전히 농사만 짓고 살아온 마을 사람들은 두어 달 같이 지내는 동안 천륜에 따라 밥도 해먹이고 따로 잠자리를 마련해서 잠도 재웠다. 이장은 달을 보는 가운데 그 아이가 떠오르는 것이 그동안 들었던 정 때문인가 하면서도 마음이 께름칙한 게 영 개운치가 않았다.

같은 시각 순영이도 문고리에서 손을 놓고 마당으로 내려섰다. 동네 가운데 위치한 이 집은 지난해 시아버지가 직접 지었다. 부지런한 시아버지 덕분에 애초 가진 것 없던 살림도 늘고 좋은 집도 가졌다. 순영은 시아버지가 집을 지으면서 자신을 위해 남겨둔 오래된 배롱나무를 바라보았다. 부부 금슬이 좋다는 나무였다. 그래서였을까. 시어머니는 쉰을 바라보는 나이에 순영의 남편과 스물한 살 차이 나는 늦둥이 아들을 보았고 올해 두 돌이 되었다. 순영은 달을 올려다보면서 갑자기 몸이 들썩거리는 것을 느꼈다. 그녀는 비 몸살 달 몸살을 앓았다. 비가 내리기 전이면 바위를 매달아 놓은 듯싶다가 비가 내리기 시작하면 몸이 허공으로 붕 떠오르는 듯하였다. 달 몸살도 마찬가지였다. 달이 뜨면 몸이 들썩거렸다. 오늘처럼 꽉 찬 달이 덩실 떠오르면 몸이 팽팽해졌다. 한껏 부풀어 금방이라도 터질 것 같았다. 올해 스물세 살인 순영은 사무치게 남편의 품이 그리웠다. 남편은 산사람들을 피해 시내에 있는 외가로 피신해 있었다. 그녀는 배 속에 있는 아기의 발길질을 느끼며 방으로 들어갔다. 무거운 배를 붙잡고 가까스로

바닥에 모로 누웠을 때 순영은 '타아앙' 하는 총소리를 들었다.

2

　한 발 총소리가 울렸을 때 마을 사람들은 동시에 일어나 앉아 가슴을 쓸었다. 그 놀라움 속에서 하나같이 자신을 사로잡아 뒤척이며 잠 못 이루게 하던 달을 생각했다. 가슴이 철렁 내려앉은 마을 사람들은 태연스레

　"저런 썩을 잡것들이."

하고 총성을 울린 그들에게 욕설을 내뱉으며 놀란 가슴을 다독였다. 사람들은 그 총소리가 평소와 다르다는 것을 인식하면서도 애써 그것을 교전이 붙을 때 들리곤 하던 것으로 치부해버렸다. 마을 뒷산에서 경찰과 산사람 양측의 교전이 있을 때마다 콩 볶는 듯한 총소리로 가슴을 죄었으나 다행히 별다른 일은 일어나지 않았던 것이다. 바로 그 순간 하늘을 찢는 또 한 발의 총성이 울렸다. 마을 사람들은 골목을 헤집는 군홧발 소리와 함께

　"신작로로 모두 모이시오."

하고 외치는 소리를 들었다. 처음 한 발의 총소리 이후 정적이 길어지면서 점차 불안한 기색을 감추지 못했던 마을 사람들은 이어

　"한 사람도 빠짐없이 나와라, 집에 남아 있는 사람은 바로 총

살하겠다."

하고 연방 총알을 쏴대며 외치는 소리에 지체 없이 일어나 순식간에 신작로로 쏟아져 나왔다. 혼비백산하여 앞뒤 잴 겨를도 없이 모여든 마을 사람들은 앞에 있는 사람을 빤히 보고서도 아는 체를 하지 않은 채 멍하니 서 있었다. 그러다 소란을 피워 자신들을 공포로 몰아넣고 이 자리에 오게 한 사람들이 누구인가 하는 것에 생각이 미쳤다. 군인들은 신작로 한 켠에 나무를 베어다 활활 불을 피워 놓고 있었는데 한 발 총성으로 도착을 알린 이후 불을 놓느라 늦어진 모양이었다. 총성을 울린 사람들은 국군이었다. 우리 아군이었다. 적어도 이때까지는 우리 국군이었다. 그동안 산사람들에게 어지간히 시달려왔던 마을 사람들은 처음 접하는 국군을 보며 다소 안도했다. 어쩌면 뒷산에서 울리는 콩 볶는 듯한 총소리와 밤이면 불시에 들이닥치는 군홧발로부터 자신들을 지켜줄지도 모른다는 기대감에 부풀기까지 했다. 그것은 모두 같은 마음이었다. 아직 낮으로는 무더위가 남아 있는 탓에 여름내 입던 삼베 무명 홑옷 차림 그대로 잠자리에 들었다가 총살하겠다는 말에 놀라 튀어나온 사람들은 그제서야 오소소 팔에 돋은 소름을 양손으로 쓸어내렸다. 아이를 들쳐 업고 나온 아낙들은 포대기 끈을 풀어 아이의 팔을 밀어 넣고 다시 묶었다. 이장을 앞으로 불러내기 전까지 사람들은 마을을 돌면서 총살하겠다고 외쳤던 말을 잠시나마 잊고 나라를 지키는 국군 앞에서 느슨해져 있었다.

그때 마을 사람들은 군인 옆에 서 있는 문홍주를 발견했다. 그들은 그 아이가 반가운 한편으로 왠지 모를 불안을 느꼈다. 소년병으로서 산사람들과 함께 왔던 놈이 이번에는 군인들 옆에 서 있는 것이 아무래도 이상했다. 문홍주의 행적이 노출되면 이 마을을 전멸시킬 것이라고 산사람들이 으름장을 놓았다던 것도 생각났다.

"그러니까 그자들의 말을 풀이해 보자면 이런 거여. 쟈를 우리가 데리고 있으면서 치료를 해줬다 하는 것이 밖으로 새나가면, 우리 마을에 확 불을 쳐 대서 싹 꼬실라버리겠다는, 그런 말이여."

이장은 그때 기왕 치료해주는 거 그자들이 요구하는 것을 잘 지켜 만에 하나라도 실수하여 불행을 자처하는 일이 없도록 만전을 기울여 달라고 당부했었다. 그렇다면 군인들은 마을이 전멸되는 것을 막기 위해 온 것인가. 두 달간이나 치료를 받고 멀쩡한 몸으로 돌아간 저놈은 왜 군인에게 붙어 다시 왔는가. 군인과 산사람은 같은 군인이되 서로 적이니 반대쪽에 붙어 자신들의 동태를 살펴 전한 저놈을 죽일 작정이라도 한 건가. 그것도 아니면 저놈을 추궁하여 산사람들이 숨어 있는 곳을 알아내기라도 하려는 건가. 생각이 여기까지 미치자 마을 사람들은 애꿎은 자기들을 총까지 내갈기면서 오밤중에 불러낸 것에 심사가 뒤틀렸다. 마침내 군인 한 사람이 입을 열었다. 철모를 깊이 눌러쓰고 턱에 철끈을 두른 그는 달빛에 얼굴이 가려져 턱 선밖에 보이지 않았다.

"여러분을 이렇게 모이게 한 것은 이 마을 사람들이 통째로 반란군과 내통했다는 정보를 입수했기 때문이요. 여기 증인이 있으니 속일 생각은 말고…"

말을 멈추고 군인은 문홍주를 내려다보았다. 마을 사람들의 눈이 일제히 그 아이에게로 옮겨 갔다.

"…그동안 빨갱이들과 내통한 사실만 충실히 실토해주시오. 빨갱이들을 소탕해야 여러분도 편하고, 그것이 곧 국가에 애국하는 길이고!"

그는 어깨에 맨 총을 벗어 바닥에 탁 소리가 나게 내리꽂으며 말을 마쳤다. 옆에 서 있는 땅딸막하고 몸집이 단단해 보이는 군인에게 고갯짓을 했다. 그가 앞으로 나섰다.

"자, 밤도 깊었고 날도 춥고 허니께 서로 협조해서 빨리 끝을 냅시다. 지금부터 이 아이가 주도를 할 것잉께 여러분이 협조를 해야 쓰요."

마을 사람들은 둘레둘레 서서 누가 빨갱이질을 했다는 것이냐, 무엇을 실토하라는 것이냐, 실지로 우리 마을에서 빨갱이 짓을 한 사람이 있는 것이냐 하면서 웅성거렸다. 이때 이장이 나섰다.

"빨갱이라니, 우리 마을에서는 그런 사람이 단 일 명도 없어. 그건 우리가 자부하고 있는 거고. 결론적으로 말하면 그 사람들이 들이닥쳐서 우리들 식량 털어가고 그랬지, 정녕코 그런 일 없어."

이장은 마을에 빨갱이가 단 한 명도 없다는 것을 강조하며 뒷짐을 진 채 말했다. 빨갱이가 없다는 그의 말에는 자부와 자랑스러움이 묻어 있었다. 그는 군인들이 말을 하는 대신 끊임없이 총을 만지작거린다거나 내리꽂는다거나 하는 동작으로 자신들을 위협하는 것이 못내 못마땅했다. 그때마다 그는 덜컥 내려앉는 가슴을 뒷짐 지고 위엄 부리는 것으로 가장했다.

"다 알고 왔으니 실토하시오, 확 이 총으로 대갈통을 갈기기 전에."

마을 사람들이 술렁거렸다. 그는 문홍주를 쳐다보며 앞에 서 있는 이놈을 보고도 상황 파악이 안 되느냐고 신경질적으로 말했다. 웅성거렸던 사람들이 순식간에 조용해졌다.

"이장, 실토하시오."

"이미 말한 바와 같이…"

땅딸막한 군인은 이장 앞으로 걸어와 침을 찍 뱉고 정강이를 걷어찼다. 늙어서 가벼워진 그의 몸이 맥없이 고꾸라졌다. 땅딸막한 군인은 그의 어깨를 총으로 내리찍었다. 납작 뻗은 몸을 군홧발로 찍어댔다. 무자비한 행동은 마을 사람들에게 본보기를 보여주려는 의도로 보였다.

"아이고, 뼈따구만 남은 사람을… 어찌 그리 무작스럽소, 젊은 양반이. 지비 부모를 생각해서라도 말로 하시오, 말로."

이장의 큰처남댁이 울먹이며 소리쳤다. '워째 그런다요. 참 험한 꼴도 다 보요. 나라를 지키는 군인이 참말로 워째 그런다요,

경우도 없이.' 올해 환갑을 넘긴 그녀는 목소리에 힘을 주었으나 웅웅거리는 바람 소리처럼 새고 말았다. 그녀가 이장을 향해 휘적휘적 걸음을 옮기자 열네 살 먹은 그녀의 큰딸이 치맛자락을 붙들었다. 총부리가 날아왔고 이장의 큰처남댁이 풀썩 주저앉았다. 큰딸이 울부짖으며 끌어안았다.

이장이 당하는 것을 보며 저런 호랭이가 물어갈 것들, 육실헐 놈들, 오살할 놈들, 씹어갈 놈들 하고 저마다 한마디씩 내뱉던 아낙들은 이장의 큰처남댁을 보며 이를 악물었다. 어째 저런 꼴을 보고도 가만히 있소 하고 채근하는 아내에게 나가 일어섰다가 붙어버리면 총 든 저 새끼들에게 빨리 쏘라고 부채질하는 꼴밖에 안 되는 거여, 기회를 보고 있는 것잉께 암것도 모르면서 조용히 있으란 말이시, 하고 속닥거렸던 홍 씨에게 호기롭게 말할 수 있는 기회는 이제 물거품이 되었다. 한 씨의 처는 칭얼대는 세 살배기 아들놈에게 말라버린 젖꼭지를 물리며 욱해서 행여 남편이 일어서지 않을까 그의 허리춤을 꼭 붙들고 있었다. 큰딸에게 의지해서 겨우 자리로 돌아온 이장의 큰처남댁을 보며 그의 작은처남댁은 참말로 험한 놈도 다 있소 하며 울먹였다. 그녀는 등에 업힌 3개월 된 아들놈이 잠에서 깨어날까 조바심을 하며 조막만 한 손으로 자신의 손을 꼭 붙잡고 있는 두 딸을 으스러지게 안았다. 어느 틈에 마을 사람들은 서로의 식솔들을 찾아 꼭 붙어 앉았다.

"실토하시오."

소란을 잠재우려는 듯 땅딸막한 군인이 축 늘어진 이장을 일으켜 세워 총부리로 턱을 추켜세웠다.

"무엇을 말입니까."

가까스로 몸을 지탱하고 서서 그는 이장으로서의 본분을 다 하려는 듯 목에 힘을 주었다. 땅딸막한 군인은 어느 틈에 가져다 두었던 것인지 장대를 들고 와 이장의 팔을 뒤로 꺾어 묶었다. 그리고 신작로 옆에 막아둔 도수로로 끌고 가 휙 집어던졌다. 순식간에 일어난 일이었다. 마을 사람들은 누구 하나 나서지 못한 채 그 광경을 고스란히 지켜보았다. 그들은 이장이 버둥거리는 것을 지켜보다가 한참 만에 물에서 끄집어냈다.

"실토하시오."

"그런 사람이 없는데 어찌 자꾸 실토를 하라고 하요."

이장은 물이 뚝뚝 흐르는 채로 간신히 내뱉었다. 땅딸막한 군인은 장대에 묶인 이장을 다시 도수로로 끌고 가 처넣었다. 물에 처박혀 이장은 빨갱이에 대해 생각했다. 모자를 눌러쓴 군인은 처음 반란군이니 빨갱이니 하면서 그들과 내통했다는 것을 실토하면 된다고 했었다. 그나마 자신은 이장들 모임을 통해서 산사람들이 총질하라는 나라의 명령을 거부하여 산으로 쫓겨 들어갔다는 것쯤은 알고 있었다. 그러나 끌려나온 마을 사람들은 산중에 박혀 살면서 그 내막을 잘 알지 못했다. 산사람들이 아이를 맡겼을 때는 총이 무서웠던 게 사실이었다. 그게 누구든 아픈 사람 내칠 수 없고, 배고픈 사람 외면할 수 없는 것은 천륜이고 인지상정이 아니던가. 그래 데리고 온 저 어린아이를 치료해 주었던 것인데 자꾸 실토를 하라고 하니 그도 못 견딜 일이었다. 저 어린놈을 치료해 준 것이 어떻게 빨갱이질이 되는 것인가. 이장은 자신의 말 한마디에 마을 사람들이 당할 고통을 생각하자 저들이 바라는 대로 실토할 수 없었다. 놈들이 이장을 끄집어내 땅바닥에 철퍼덕 내던졌다. 이장의 몸은 물에 퉁퉁 불어 있었다.

"절대 그런 일 없습니다."

그게 사실이었다. 그때 이장의 눈에 이리저리 눈빛을 굴리며 군인들의 동태를 살피고 서 있는 문홍주가 들어왔다.

"저 아이가 알 것이오. 니가 말해라. 니가 있는 동안 우리가 어떤 일도 하지 않았다는 것을. 본 대로 들은 대로 하나도 빠짐없이 말을 해라."

이장은 가까스로 말을 내뱉었다. 문홍주는 군인들의 눈치를 살피며 쭈뼛쭈뼛 걸어 나와 사색이 되어 서로 부둥켜안고 있는 이장의 큰처남과 작은처남의 가족들 앞에 섰다.

"이년이 밥해 줬어."

놈이 총부리로 어깨를 맞아 가까스로 큰딸에게 몸을 의지하고 있는 이장의 큰처남댁을 향해 손가락질했다. 그녀는 이미 환갑을 넘긴 노인이었다. 마을 사람들은 지 놈의 할머니뻘 되는 사람에게 거침없이 욕지거리를 해대는 문홍주를 보며 입이 떡 벌어졌다. 이

때 이장의 큰처남이 일어섰다. 그는 군인들을 쓱 한번 살피고는 총을 맞아 죽는 한이 있더라도 할 말은 해야겠다고 작정을 한 사람처럼 거침없이 말했다.

"야, 이놈아, 이 무슨 못된 버르장머리냐. 니는 에미 애비도 없냐, 이놈아. 아무리 어리고 근본 없이 자랐기로… 어이, 군인, 시방 저 쬐깐 놈 말 듣고 우리들을 어찌하겠다는 것은 아니지? 나라 지키는 군인인께 잉?"

한 방 총성이 울리며 철모를 눌러 쓴 군인이 나섰다.

"소란 피울 것 없어. 판단도 결정도 이 아이가 할 것이여. 밥 해줬다잖아. 그리고 이장이 이 아이에게 자기 권한을 넘겼고."

총부리로 냅다 이장의 큰처남을 가격하며 그는 밥을 해준 것, 그것이 빨갱이 놈들에게 동조를 한 것이고, 그것이 곧 빨갱이라고 말했다. 더더욱 문홍주가 빨갱이 소년병이라는 걸 알고도 두 달이나 쉬쉬하며 치료를 해준 것, 그것이 명백한 증거라고 못을 박았다. 말을 마친 땅딸막한 군인은 이장의 큰처남댁을 주룩 끌어다가 한쪽으로 세웠다. 고통스럽게 주저앉아 있는 이장의 큰처남도 그 뒤로 끌어다 놓았다. 그들의 큰딸과 어린 두 아이가 울음을 터뜨리며 따라붙었다. 철모를 눌러쓴 군인이 아이들 셋을 제지하며 따로 세웠다. 그때 문홍주와 큰딸의 눈이 서로 마주쳤다.

"이년은 감을 따 줬어."

문홍주가 말을 마치자마자 땅딸막한 군인이 큰딸을 끌어다 이장의 큰처남댁 뒤에 세웠다. 두 모녀는 와락 끌어안은 채 따로 떨어져 자지러지게 울고 있는 두 아이를 바라보았다. 두 개의 줄이 생겼고 마을 사람들은 자신들이 어느 줄에 서게 될 것인지 점점 불안해지기 시작했다.

다음 하고 철모 쓴 군인의 눈이 문홍주를 향하자 눈알을 굴리던 놈의 손가락이 이번에는 이장의 작은처남댁을 향했다. 내년에 학교에 갈 것이라며 손꼽아 기다리는 예쁘장한 계집아이가 네 살 된 여동생을 업고 서서 엄마의 치맛말을 그러쥐었다.

"이년은 내 옷을 빨아줬어."

"내가 언제…"

손가락질을 당했을 때는 이미 엎질러진 물이고, 말이 보태질수록 참혹한 꼴만 당할 뿐이라는 사태를 파악한 이장의 작은처남댁은 스스로 입을 막았다. 그때였다. 땅딸막한 군인이 여긴 왜 남자가 없느냐고 물었다. 그녀는 남편이 아파서 움직일 수가 없다고 답했다. 기력이 없는 탓에 누구를 거두고 그럴 처지도 못 되어 저 아이가 총을 맞고 마을에 들어왔을 때도 돌볼 수가 없었다고 덧붙였다. 땅딸막한 군인은 장대에 묶여 있는 이장을 가리키며 이렇게 늙은 양반보다도 더 늙은 놈이냐고 비아냥댔다.

"마흔일곱인디, 나이가 들어 몸이 안 좋은 것이 아니고… 그러니까 늙어서 거동을 못하는 것이 아니고… 진짜로 아프단 말이요."

그녀는 남편이 병중이어서 움직일 수가 없다고 더듬거렸다.

그는 귓속을 후벼 파며 남편을 데리고 나오라고 말했다. 그녀는 안 나오는 것이 아니고 아파서 움직일 수가 없으니 한번만, 제발 덕분에 한번만 봐 달라고 애원했다.

"아따 씨발, 거 참 말귀 못 알아듣네. 빨리 나오라고 하란 말이요, 아짐. 등에 있는 새끼랑 싹 다 쏴 갈기기 전에."

그는 군인들을 향해 당장 그녀의 남편을 끌고 오라고 지시했다. 그리고 갑자기 생각이 났다는 듯 마을 사람들에게 집에 소가 있는 사람은 들어가 몰고 나오라고 명령했다. 마을 사람들이 허둥대며 자리를 떴고, 그 뒤를 한 떼의 군인들이 뒤따랐다. 남은 사람들은 서로를 부둥켜안은 채 침묵했다. 그들은 불과 얼마 전 문고리를 잡은 채 올려다보았던 달을 슬쩍 보았다. 달은 여전히 밝았고 얼어붙은 듯 그 자리를 지키고 있었다. 갓난쟁이들도 엄마 등에 납작 붙어 숨소리를 죽였다. 어디선가 '또로롱또로롱' 이름조차 생각나지 않는 풀벌레들만 거침없이 소리를 질러댔다.

3

이장의 작은처남을 선두로 소를 가지러 갔던 사람들이 돌아왔다. 그들은 자신들의 목숨이라도 건져줄 것인 양, 마치 신전에 바치는 듯한 정중한 태도로 소를 넘겼다. 평생을 키워온 소였다. 군인들은 소를 한쪽으로 몰아 세웠다. 다시 철모를 눌러 쓴 군인이 신작로 중앙에 버티고 섰다.

순식간에 흐트러져 있던 마을 사람들과 군인들이 제 자리를 잡았고 다시 침묵에 휩싸였다. 철모를 깊숙이 눌러쓴 군인은 이장의 작은처남을 앞으로 불러 세워 놓고 집에 남아 있을 경우 총살을 하겠다고 했던 말을 들었느냐고 물었다. 그는 영문을 모른 채 병색 짙은 얼굴로 가까스로 서 있었다. 머뭇거리는 사이 군인 하나가 지체 없이 이장의 가족들이 서 있는 줄에 그를 끌어다 세웠다. 그 사람은 저놈에게 아무것도 해준 것이 없는데 왜 그쪽으로 세우느냐고, 제발 아픈 사람이니 집으로 돌아가게 해달라고 애원하는 이장의 작은처남댁에게 땅딸막한 군인은 남편을 살리고 싶으면 줄을 바꾸어 서라고 말했다. 그녀가 아들을 업은 채 자신의 양손을 꼭 붙들고 있는 두 딸을 내려다보는 사이 마침내 남편은 사태를 알아차렸다. 이로써 문홍주의 손가락에 따라 만들어진 두 개의 줄의 성격은 명확해졌다. 이후의 일은 일사천리로 진행되었다.

문홍주는 자신의 손가락질에 따라 사람들이 복종하고, 또 척척 움직이는 것을 보면서 마음이 요동치는 것을 느꼈다. 읍내 어귀에 사는 아이들이 떠오르면서 지금 자신의 모습을 보여주고 싶다는 열망에 사로잡혔다. 치료를 마치고 읍내에 있는 할아버지 한약방으로 가던 그날, 한 무리의 아이들이 길을 막아서며 그를 에워쌌다. 그중 한 놈이 빨갱이 졸병노릇 하더니 고작 절름발이가 되었느냐고 비아냥댔다. 문홍주는 교전을 벌이다 입은 총상이라고 항변했다. 아이들은 절뚝대는 시늉을 해대며 절름발이라고 야유했다.

"너희들 우리 유(같은 편)에게 말해서 총으로 다 쏴 죽인다."

문홍주는 분노에 휩싸여 말했다. 그때 하필이면 이웃마을에 사는 면 직원이 지나가다 그 광경을 보았다. 심상치 않게 여긴 그가 신고를 하는 바람에 문홍주는 지서로 끌려갔다. 마을에 자신을 떠맡기고 산으로 간 사람들도 지서에서 연락을 받은 가족들도 문홍주를 찾지 않았다. 죽은 목숨이었다. 산에 있는 사람들의 이름을 대라는 고문이 끊임없이 이어졌다. 물고문을 당하고 정신을 잃었던 그날 문홍주는 희미한 의식 속에서 누군가가 '이쯤에서 마무리하지.' 하는 말을 들었다. 신전마을로 들어오는 차 안에서 문홍주는 15연대 토벌군에게서 쉼 없이 구타당했다. 군인들은 군홧발로 정강이를 찍고, 총의 개머리판으로 닥치는 대로 내리찍었다. 전투에서 패한 그들은 독이 오를 대로 올라 그 울분을 문홍주에게 토해냈다. 그러나 보복의 최후는 신전마을을 향해 있었다.

이제 숨을 죽인 채 자신과 눈을 마주치지 않기 위해 고개를 숙이고 있는 마을 사람들을 보면서 문홍주는 자신을 겨누던 토벌군의 총구와 무차별하게 내리찍던 개머리판을 떠올렸다. 짧은 순간 문홍주는 은혜를 원수로 갚는 이것이 옳은 일인지, 산사람들이 만들겠다는 좋은 세상과 군인들이 나라를 위해 바치는 충성이 꼭 이렇게 총을 들이대야만 하는 것인지, 자신과 같은 어린애를 앞세우는 것이 과연 옳은 것인지 하는 의문이 뒤죽박죽인 채로 스쳐갔다. 그러나 그것을 생각하기에는 뒤에 버티고 있는 토벌군이 너무나 두려웠다. 문홍주는 절뚝절뚝 절름발이 시늉을 하면서 자신에게 야유를 퍼붓던 아이들을 떠올리며 손가락질을 시작했다.

이놈이 나를 치료해 줬어. 그 사람이 언제 치료를 해 줬다고 그래. 이년도 치료해 줬어. 내가 언제 널…. 이년, 너는 약초 찧어서 붙여줬잖아. …. 이년은 올벼쌀을 주었어.

이장의 큰처남을 선두로 점차 늘어나는 줄을 보면서 사람들은 하지 않았다고 하는 말이 어떠한 효력도 발하지 않는다는 것을 알아차렸다. 그놈이 손가락을 갖다 댈 때마다 흘러나오던 거부와 변명과 한숨과 같은 소리는 이제 온전한 침묵으로 변하여 놈의 말 외에는 어떤 소리도 들리지 않았다. 소들조차도 숨을 틀어막고 있었다.

이장은 장대에 묶인 채 사람 거두는 거 아니라는 옛말을 생각했다. 사람 천성은 본디 선한 거라고 본 적도 없는 양반이 한 그 말을 믿고 살았다. 그러나 자신을 놓고 보더라도 사람의 본성은 하냥 그대로 있는 것이 아니었다. 어떤 사람은 한사코 자신을 추스려 남에게 해꼬지 하지 않고 살아보려고 애를 쓰는 한편으로 또 어떤 사람은 욕심이 목까지 차올라 남을 해하는 것을 예사로이 알았다. 그런 사람들은 두더지 새끼마냥 어둠 속으로만 파고들고 무엇이든 똑바로 보는 일 없이 눈치를 보느라 눈을 찢어 옆으로만 보는 탓에 종국에는 두더지 몸에 가자미눈을 한 그런 요상스러운 흉물이 되고 마는 것이었다. 어찌된 일인지 세상은 그런 흉물들이 큰소리치며 주물럭대고 평생을 하늘빛 살피며 개미 새끼 한 마리도 해한 적 없는 사람들은 저렇듯 숨을 졸이고 있었다. 자신을 도수로에 담금질을 한 군인 놈들과 미쳐 있는 어린놈이 그랬다. 저들은 장대에 묶인 자기를 잊은 모양이었다. 빨리 이 고통스러운 상황에서 벗어나고 싶었다. 이장은 이번에 수의를 짓기 잘했다고 생각했다.

열에 떠서 손가락질을 해대는 저놈은 철모르는 애기였다. 그놈이 나서서 빨갱이든 군인을 택한 것은 아니었을 게다. 총부리를 들이대니까 그때마다 이쪽저쪽에 붙었던 것이다. 고운 시선으로 보지는 않았지만 아직 사리분별 못 하는 애기니까 그 부모나 아이 놈한테 원성을 퍼부을 수 없었다. 그러나 놈은 생각보다 고약했다. 모두가 놈에게는 할머니뻘 되고 할아버지뻘 되는 사람들이었다. 어머니뻘 되고 아버지뻘 되고 형뻘 되고 형수뻘 되고 누나뻘 되고 동생뻘 되고… 치료해 주면서 잠 재워주고, 밥 먹여주고, 옷 빨아 입히고, 지 새끼들 배 곯려 놓은 채 감나무에 주렁주렁 열려 있는 감 홍시 따 주고…. 그런 사람들을 전부 원수로 만들고 있었다. 이장은 군인들이 도착했을 때 지켜줄 것이라고 잠시나마 안도했던 것을 떠올렸다. 그러고 보니 군인 놈들은 지놈들이 말하는 빨갱이들보다 더 독한 놈들이었다. 세상이 미쳐가고 있었다.

4

신전마을 32가구 중 문홍주의 손가락질에 의해 하나의 줄을 이룬 것은 12가구 24명이었다. 배 속에 있는 아이까지 25명 중 한 사람인 순영이가 서 있던 줄을 이탈하여 숨어든 곳은 군인들이 피워둔 불에서 그리 멀지 않은 숲이었다. 줄을 갈아타며 순영은 끊임없이 숨어들 곳을 탐색했었다. 서로 다른 줄에 서 있던 순영은 시어머니가 쉰 살에 얻은 두 돌 넘긴 아들을 업고 힘들게 서 있는 것을 지나칠 수가 없었다. 그녀는 슬금슬금 다가가 아기를 받아 업다가 놈의 눈에 띄었다. 놈은 순영이 바느질해 준 것을 기억해냈다. 순영은 곧 출산할 아기를 위해 배냇저고리를 만들던 중에 시어머니가 던져준 놈의 바지를 꿰매 주었었다.

늘어선 줄에서 아기를 업은 아낙네들은 순영이 말고도 세 사람이었다. 서른 안팎의 그녀들은 나이가 비슷하기도 하고, 앞서거니 뒤서거니 태어나 각기 세 해, 네 해를 넘긴 아이들 탓에 서로 잘 어울렸다. 특히 순영이는 쉰 줄에 들어선 시어머니가 낳은 시동생을 맡아 키우면서 늘 그들을 의지했다. 출산의 경험도 없고 산달을 앞둔 순영이에게 그들은 든든한 친언니 같았다. 순영은 등에 도련님을 업고 배 속에 아기를 담은 채 쉼 없이 빠져나갈 궁리를 했다. 아기들을 살리자는 순영의 말은 아낙들에게 미처 가닿지 못했다. 설마 서너 살인 아기들까지 어찌하랴 싶은 건지 덤덤하게 줄에 서 있었다.

순영은 안심할 수 없었다. 늘어선 두 개의 줄. 어느 줄도 안전할 리 없었다. 달은 야속하게도 밝았다. 달이 밝다 해도 밤은 밤이었다. 순영은 눈알을 굴리기 시작했다. 이탈을 막기 위해 혈안이 되어 있는 군인들을 쏘아보았다. 늘어선 두 줄 사이를 오가며 틈을 노렸다. 그들의 눈길이 다른 곳으로 가면 시어머니가 있는 줄에 섰다가 아니다 싶으면 다른 줄로 끼어들고 그러기를 수차례 반복했다. 시어머니는 4남 3녀를 두었다. 홍역으로 여섯을 잃고 아들 하나 남아 있던 차에 지난해 장남과 20년 차가 나는 늦둥이를 낳았다. 순영은 선물처럼 세상에 온 아이와 이제 곧 나올 자신의 배 속에 든 아이를 기필코 지켜야 한다고 이를 악물었다.

군인들이 불을 피워둔 그 너머 은행나무 두 그루가 나란히 서 있는 사이로 좁은 돌계단이 보였다. 그 뒤로 대나무들이 우거져 숲을 이루었다. 서로 맞닿은 무성한 은행나무 잎들 위로 달빛이 쏟아졌다. 이상하게 순영의 눈에는 그 형상이 마치 신전처럼 여겨졌다. 세 목숨을 품어줄 것 같았다. 그곳으로 가기 위해서는 군인 무리들을 지나쳐야 했다. 등에 업힌 도련님이 칭얼대기라도 하면 세 목숨은 끝난다. 순영은 도련님을 믿었다. 그 순간 등에 딱 붙은 도련님의 숨소리가 점차 낮아졌다. 순영은 도련님의 엉덩이를 톡톡 두드렸다. 순영의 젖가슴께를 꼭 붙들고 있는 두 손아귀에서 강한 생명을 느꼈다. 순영의 눈에 침묵하는 사람들 한편에서 다리를 꼿꼿이 세운 채 경직되어 있는 소들이 보였다.

이제 두 줄로 나뉘어 선 사람들은 어느 줄이든 그 한 줄이 죽음을 당할 거라는 것을 알았다. 죽지 않기 위해 어둠 속으로 몸을 숨겼고, 또 그들을 죽이기 위해 어둠 속으로 눈을 부라렸다. 홍씨 집의 개 검둥이가 입에 새끼를 물고 나타난 것은 그때였다. 이즈음 새끼 밴 배를 축 늘어뜨린 채 마을을 어슬렁대던 검둥이였다. 철모를 눌러 쓴 군인의 발부리께에 물고 온 새끼를 부려놓고 검둥이는 미친 듯이 컹컹 짖어댔다. 놀란 그가 군홧발로 새끼를 걷어찼다. 동시에 검둥이가 으르렁거리며 그에게 덤벼들었다. 누군가 검둥이를 향해 총을 갈겼다.

마침내 순영은 그 줄을 이탈했다. 돌계단을 기어올라 달빛이 내리쬐는 은행나무 뒤 대숲에 몸을 숨겼다. 군인들의 눈은 햇빛과 달빛과 별빛 그리고 비와 눈과 바람과 구름, 그 모든 것들과 함께 물들어서 어둠을 배경으로 환하게 빛나는, 참말로 사람 환장하게 만드는 샛노란 은행잎들을 보지 못할 것이다. 빛 속의 어둠을 볼 수 없을 것이다. 빛 속에는 빛만 있는 것이 아니다. 빛이 강렬할수록 어둠도 깊다. 순영은 등에 업힌 도련님이 어떠한 소리도 내지 않을 것이라는 걸 믿으며 죽지 않으려는 사람들과 죽이려는 사람들을 숨 졸이며 지켜보았다.

검둥이의 공격을 받았던 철모 눌러쓴 군인은 눈 위로 철모를 올리고 철끈을 귀 뒤로 넘기면서 사람들 늘어선 줄 앞에 섰다. 순영은 이쪽저쪽 늘어선 줄 사이를 헤집고 다니며 군홧발로 걷어차고 총부리로 짓이기는 것을 보면서 자신이 사라진 것이 발각되었음을 알았다. 순영은 자신과 도련님과 배 속 아기가 있는 이곳이 신전이라고 굳게 믿으며 줄지어 선 마을 사람들을 꿰뚫어 보았다.

총살이 시작된 건 스무 살의 두 젊은이가 강에 뛰어들면서부터였다. 두 젊은이는 자신들이 선 자리가 죽음의 줄이라는 걸 알았다. 검둥이에게 물린 군인이 미쳐 날뛰는 모습을 보면서 두 사람은 눈빛을 교환했다. 동시에 두 사람은 그때 달만 보지 않았어도 지금과 같은 상황은 맞지 않았을 것이라는 생각이 들었다. 달 때문에 인생 조졌다고 투덜거리며 강으로 몸을 던지면서 늘어선 줄에서 잠시나마 모의했던, 군인 놈들 대갈통을 끝내 박살내주지 못한 자신들이 사나이답지 못하다고 생각했다. 날아오르는 순간 총알이 박혔고 마치 새처럼 강으로 떨어졌다.

5

강물에 떨어진 두 젊은이의 시신을 끌어올린 후 군인들은 나머지 스무 명을 순식간에 쏴 갈겼다. 눈을 부릅뜨고 지켜보던 순영은 달빛 아래서 새처럼 날아오르던 스무 살의 두 젊은이 몸에 총알이 관통할 때 두 눈을 질끈 감고 말았다. 눈을 뜬 순간 포대기를 두른 아낙이 눈에 들어왔다. 손을 들게 한 후 내갈긴 총알 한 방이 그녀의 가슴을 관통하고 아기의 등을 뚫고 나왔을 때 순영은 다시 눈을 감지 않기 위해 주먹을 그러쥐었다. 지은 죄도 없이 숨을 죽이고 서 있던 마을 사람들은 자신의 몸에 총알이 관통했을 때 누구도 비명을 지르지 않았다. 자신들이 내지르는 비명 소리가 행여 바로 뒤에 서 있는 가족들에게 누가 될까 두려웠으리라. 놈들이 문득 사람의 마음으로 돌아와 총질을 멈추려 할 때 자신들의 호들갑스런 비명 소리에 다시 미치광이가 돼버리지는 않을까 염려스러웠을 것이다. 죽어가는 순간까지 침묵하는 것, 그것이 그들의 비위를 거슬리지 않게 하는 것이고, 남은 가족을 위한 최선이라 여겼을지도 몰랐다. 순영은 순간이었다고, 스물두 사람이 죽음에 이르는 데 소요된 시간이 찰나였다고 생각하며 가슴을 쓸었다.

군인들은 자신들이 총으로 쏴 죽인 사람들을 홍 씨 집으로 끌고 갔다. 홍 씨가 농사 짓는 틈틈 목수 일을 해서 차곡차곡 모은 돈으로 지은 집이었다. 홍 씨는 동네 한가운데 땅을 사서 혼자 한 땀 한 땀 집을 지어 올해 마을 사람들을 모두 불러 성주풀이굿을 하고 성대하게 대접했었다. 시신을 모두 옮긴 그들은 기름을 뿌리고 태우기 시작했다. 여기저기 시신이 튀었다. 순영은 끝까지 그 광경을 지켜보았다. 순영에게는 등 뒤에 업혀 있는 도련님과 배 속에 있는 아이에게 이 모든 것을 남김없이 들려주어야 할 의무가 있었다. 그들은 총부리로 불에 탄 시신들을 하나하나 뒤집어 죽음을 확인했다. 홍 씨 집과 바로 이웃해 있는 순영의 집을 시작으로 집집마다 다니면서 처마에 불을 댔다. 마을은 순식간에 불바다가 되었다. 순영은 한 손으로 배를 받쳐 안고 다른 손으로 등 뒤 포대기 안에서 잠든 도련님의 엉덩이를 받치며 자리에서 일어섰다.

그때였다. 새끼를 물어뜯어 죽인 홍 씨 집 검둥이가 다 타버린 집에서 벌겋게 충혈된 눈을 희뜩거리며 어슬렁어슬렁 걸어 나왔다. 검둥이의 입에는 미처 타지 않고 떨어져 나간 하얗고 보드라운 팔이 물려 있었다. 세 살 먹은 홍 씨 아들의 김이 모락모락 나는 황금빛 똥을 덥석 한입에 집어 삼키고, 그 혀로 주인 아기의 똥구멍을 핥아주던 검둥이였다. 그럴 때면 보드라운 그 팔로 검둥이를 끌어안고 입을 맞추면서 한없이 깔깔 웃던 주인 아기였다.

어디선가 '구르릉' 하는, 바위가 굴러가는 것 같기도 하고 천둥이 내리치는 것 같기도 한, 아니 늑대가 포효하는 소리 같기도 하고, 거대한 어떤 것이 절규하는 것 같기도 한 소리가 들려왔다. 그것은 이제껏 숨을 참아왔던 소들이 내지르는 소리였다.

순영은 세 목숨을 품었던 신전에서 그러나 더 이상 신전이라고 할 수 없는 그곳에서 발을 옮겼다. 얼어붙은 채 미처 넘어가지 못한, 잔뜩 움츠린 달이 하늘에 떠 있었다. 포대기 속에서 순영의 양 가슴께를 꼭 그러쥐고 있던 도련님의 손이 풀렸다. 그리고 숨을 토해냈다. 길고 뜨거운 숨이었다. 그제서야 순영은 도련님이 숨을 죽이며 쥐고 있었던 가슴께의 통증을 느꼈다.

순영의 배 속에서 아기의 힘찬 발길질이 이어지고 등 뒤에서 도련님이 큰소리로 울어 젖혔다. 달이 서서히 그들의 뒤를 따랐다.

『해원의 노래』 2020. 10.

금
목
서

1

집 안은 갓난아이 배냇냄새 같기도 하고 처녀에게서 날아오는 분내 같기도 한 향으로 가득했다. 보리수 무화과나무 모과나무 옆에 선 오래된 금목서 두 그루에서 뿜어져 나오는 향이었다. 그 아래로 황색 꽃송이들이 별처럼 내려앉았다. 금목서는 만리향이라고도 했는데 매번 가늠해 보곤 하지만 만 리라는 끝 간 데 없는 그 비가시적인 거리를 헤아리기 힘들었다. 바람 따라 은은하게 떠다니는 향은 때로 쏘는 듯 강렬하였다. 감나무 담쟁이덩굴 은행나무 등이 털어 낸 마른 잎들로 하여 화단은 손질하지 않은 노파의 머리카락처럼 부스스했다. 잎들은 바스락바스락 소리를 내며 헤실헤실 떠다녔다. 농장과 집 사이를 울타리로 하는 흙담에는 담쟁이덩굴이 마치 실핏줄처럼 칭칭 엉겨붙어 있었다.

간밤 혼자 둘러 마신 소주로 인한 숙취 탓으로 뱃속이 뒤틀리며 내장 끝에서부터 토사물이 치솟아 올랐다. 덜컥대는 두개골을 두 손으로 감싸 쥔 채 욕실로 향하다 방에서 튀어나올 할머니에 생각이 미쳐 밖으로 나온 참이었다. 일꾼들이 이용하는 세면장 겸 화장실은 마당을 지나 금목서 동백나무를 거쳐 화단 끝에 있었다. 가까스로 그곳에 이르러 참았던 토사물을 꺼억꺼억 쏟아냈다. 산중 다랑논으로 물꼬를 통해 힘겹게 오르는 물처럼 창자를 타고 간밤에 마신 술들이 올라왔다. 두개골이 심하게 흔들렸다.

금목서 향을 피해 대문 밖 텃밭에 주저앉았다. 엄마가 산일을 하면서도 욕심껏 심었던 고추는 어느 사이 대가 뽑혀 가지런히 놓였다. 삼만 평 남짓한 산을 일구어 거기서 나는 것들을 수확, 출하하는 엄마의 농장은 제법 규모가 컸다. 매실과 감, 밤뿐만 아니라 키위며 블루베리까지 생산하였다. 그물망을 쳐서 토종닭도 키웠다. 농장일은 대부분 외국인 노동자들에게 의존했다. 일손을 구하기 쉽지 않아서 엄마가 손수 해야 하는 일이 많았다. 엄마는 텃밭도 소홀해하지 않았는데 그것은 할머니에게 소일거리를 주기 위해서였다.

할마시 손이 닿으면 화단의 꽃들도 앞다투어 피고 상추며 무며 배추며 할 것 없이 넘실넘실 잘 자란단 말이다. 근디 이번 여름 할마시랑 나랑 집을 비운 사이 저것들이 통 시들시들 맥을 못 춘다. 가지가 휘도록 주렁주렁 매달리던 감들도 다 떨어져버리고,

차지던 흙들도 바싹바싹 마르고. 참말로 요상스럽다.

할마시는 이제 아흔아홉에 접어든 내 할머니를 이르는 말이었다. 석 달 전 여름의 끝자락, 서울에서 수술을 하고 재활치료를 받던 엄마는 경과를 더 지켜봐야 한다는 의사의 말을 뿌리치고 기어이 집으로 돌아왔다. 닭이며 농작물을 두고 마음을 놓을 수 없다고 한사코 고집을 부렸다. 그러나 엄마의 속내에는 요양원에 맡긴 할머니가 있었다.

시어매 버렸다고 얼마나 수군수군 해댈 것이냐. 이 나이에 구설수에 연연하는 것도 모양 빠지는 일이다만 평생 수발하고 이제와 그런 소리 듣고 싶지 않다. 안 보면 숨통이 트일 줄 알았는데 그도 아니다.

담당의사가 지정한 병원으로 통원치료를 다니기로 하고 엄마는 자신의 고집대로 집으로 왔다. 휴가를 며칠 남겨 두고 엄마와 같이 내려온 나는 분주했다. 지정 병원에 가서 몇 가지 검사를 마치고 할머니를 모셔 오기 위해 요양원에 갔다. 옆자리에 앉은 그녀는 차창 밖 들판에서 넘실거리는 고추를 보면서 할머니가 키운 것도 저랬었다며 시종 시새워했다. 8월의 뜨거운 햇살 아래서 미끈하게 잘 자란 고추는 터질 듯 탐스러웠다. 넘치는 생명력으로 충일되어 있었다.

이 양반이 왜 이렇게 됐소. 들어올 때 멀쩡했던 양반이 어째 반송장이 되었다요.

요양원에 도착하여 휠체어에 앉은 할머니를 본 엄마는 눈물을 훔쳤다. 과연 할머니는 전에 비해 많이 왜소해 보였다. 의사는 그녀가 걷는 것에서부터 식사, 대소변 등 스스로 할 수 있는 것이 없다는 것과 아흔아홉 노인의 건강상태의 심각성을 이것저것 나열해가며 퇴원을 만류했다. 엄마는 자기가 고꾸라지는 한이 있더라도 기필코 이전의 상태로 만들어 놓겠다며 의사의 말을 일축하고 퇴원을 서둘렀다. 휴가가 끝났으므로 하루 한 차례 요양사 겸 집안도우미를 부르기로 하고, 절뚝거리는 엄마에게 할머니를 맡긴 채 서울로 돌아갔다.

　그때가 여름의 끝이었으니 할머니가 집에 온 것은 불과 두 달을 조금 넘긴 기간이었다. 그 사이 할머니는 몰라보게 달라졌다. 꼿꼿하게 서서 걷고 얼굴에도 살이 올라 이전의 모습으로 회복되어 있었다. 오히려 상한 사람은 엄마였다. 수술한 다리가 악화되어 절뚝거리며 수시로 고통을 호소했다. 오한이 느껴졌으므로 자리에서 일어섰다. 그때 엄마의 쩌렁한 목소리가 들려왔다.

　아이고, 연구원님 얼른 오시오. 항상 이렇게 우리 두 늙은이에게 마음을 써줘서 얼마나 고마운가 몰라, 참말로.

　단발머리를 한 중년의 여인이 대문을 들어서고 있었다. 그녀와 약속이 되었던 모양으로 엄마는 절뚝거리는 걸음으로 산과 집 사이에 철사로 얼기설기 만든 울타리 문을 열고 모습을 드러냈다. 지난 6월 초 서울 병원에 예약해둔 수술 날짜에 맞춰 엄마를 모셔

가기 위해 내려왔을 때 봤던 그 연구원이었다. 인터뷰를 하러 왔다던 그녀는 대학에서 강의를 하며 지역사를 연구한다고 했다. 그녀는 엄마가 입원해 있을 때 수시로 전화를 걸어와 안부를 묻고는 하였다.

그날 어르신 사진 찍었잖아요? 꼭 가져다드리기로 손가락까지 걸었었는데 그간 두 분의 사정도 있었고, 지금에야 왔네요. 대전에 모시고 가기로 하셨다니 그것도 궁금하고.

2

그날 연구원은 99세의 할머니가 그 일을 기억하고 이야기할수 있는지 사전 인터뷰 차 왔다고 하였다. 엄마는 할머니가 자기 남편과 아들에 관한 기억에서만큼은 며느리인 자기보다 더 총기 있다고 했다. 과연 할머니는 자신의 지난 삶을 한 치 흐트러짐 없이 또박또박 말했다. 행여 잊힐세라 이를 악물어 각인시켜 놓은 듯하였다.

참말로 비극도 그런 비극이 없지요 이.

엄마는 할머니가 겪은 그때 일을 며느리로서 알고 있는 대로 간단하게 이야기해 줄 수 있느냐는 연구원의 말에 장황하게 비극이라는 말을 꺼냈다.

우리 어무이가 열아홉에 시집와서 스물하나에 아들을 낳았다요. 지금도 마찬가지지만 무뚝뚝 허니 애교도 없고 그랬답디다. 우리 시아배하고 나이 차이도 많았어요. 자식을 낳으면 더더욱 그게 첫 자식이면 부부가 한창 좋을 때 아니요. 우리 시아배 늦은 나이에 본 자식이라 더없이 귀했지요. 근디 그 사건으로 시아배가 가셔 분 거제. 우리 어무이 나이 스물셋이었어요. 그날부터 수절 과부로 평생을 살았지요. 하나 있는 아들 키우면서. 근디 그 자식 마저도 앞서 가부렀으니 그런 비극이 없지요 이.

엄마는 재차 비극을 강조했다. 연구원은 그 사건이 일어난 경위와 당시 무고한 사람들이 무수히 희생당한 사례를 들어가며 국가폭력에 대해 언급했다. 그것은 엄마가 강조하는 비극에 힘을 실어 주었다. 그러나 엄마는 그 말에 귀 기울이지 않았다.

그때 그 사건으로 마을에서 고문당한 사람이 있었어요. 비극은 그 사람이 고통을 이기지 못하고 우리 어무이 남편 이름을 대버린 것에서 시작됐다고 봐야지요. 시아배 형님의 친구였어요. 바로 그 순간에 시아배가 빨갱이로 몰려분 거지요.

고문당하던 사람이 친구 이름 대신 그 동생의 이름을 대버림으로써 시작된 비극이었다. 그 사람의 착각에 의해 죽음을 맞이한 사람이 할머니의 남편, 즉 나의 할아버지였다. 엄마는 그 순간 할머니의 불행이 시작되었고 우리들 모두도 마찬가지라고 했다.

엄마의 이야기를 들으면서 나는 하마르티아를 떠올렸다. 그것은 화살이 과녁을 비껴가는 일을 가리키는 말이었다. 그 말을 최초로 쓴 사람에 따르면 사람들이 불행에 빠지는 이유는 그들이 범한 악행 때문이 아니라 이 하마르티아 때문이다. 이것은 우리 집에서 발생한 비극과 거의 맞아떨어진다. 화살이 당겨졌다. 과녁을 향해 날아가던 화살이 느닷없이 급선회하면서 생각지도 못했던 대상에게 꽂힌다. 그 화살을 맞은 사람은 화살을 쏜 사람의 잘못인가, 아니면 생에서 범한 자신의 어떤 과오에 대한 벌인가.

할머니는 남편이 그렇게 죽어간 것에 대해 생각해 볼 여지를 갖지 못했다. 그것은 순전히 고문당한 사람의 과오였다. 그와 같은 일에 맞닥뜨릴 것을 어떻게 예측할 수 있는가. 그녀는 남편의 죽음이 억울했다. 신이 부린 노략질 같았다. 그녀는 그 사람 입에서 남편의 이름이 튀어나온 것과 관련하여 그 사람과 얽혀 있을지도 모를 악연이나 남편이 사는 동안 저질렀을지도 모를 악행들을 따져 보지 못했다. 남편의 죽음이 자기 탓이 아닌가 하는 의혹에 대해서도 마찬가지였다. 혼자 아들을 키우는 그녀에게 그것은 호사일 뿐이었다. 남편이 끌려간 이후로 마을에서 젊은 남자들이 끌려가거나 죽어갔다. 그 아내들은 하나둘 개가했다. 오직 그녀만이 수절하면서 아들을 키웠다. 그것은 이후 엄마가 할머니의 생에 얽혀들면서 비극의 불길을 치솟게 하는 원인이었다. 그 여파는 나에게까지 미쳤다. 엄마가 말하는 비극은 고문을 당한 사람과 그의 착오에서 비롯된 할아버지의 죽음, 무엇보다도 그 영향에서 벗어나지 못한 살아 있는 사람들이 겪는 고통에 있었다.

아들을 키우는 동안 남편의 죽음을 잊은 듯했던 할머니는 그 아들이 결혼한 뒤 맹수로 변했다. 할머니는 가족들을 물어뜯고 할퀴었다. 아버지는 안전하게 할머니 품으로 들어갔다. 엄마는 묵묵히 받아들였다. 그러나 자식들이 하나둘 태어나면서 태도를 바꾸어 할머니를 역습했다. 그들은 서로를 물어뜯으며 평생을 살아왔다.

3

할머니는 여자로서의 생을 살면서 참하다, 귄 있다 하는 미모와 관련된 말을 들어 본 적이 없었다. 딱히 눈에 띄지도 거슬리지도 않는 무난한 용모였다. 그녀는 어릴 때 스스로 신식학교를 알아내 단 하루도 거르지 않고 십 리 재를 넘어 다녔다. 일 년 동안 개근을 한 사람은 남녀를 통틀어 그녀뿐이었다.

부모의 주선으로 선을 봤을 때 그녀는 아홉 살 많은 할아버지가 눈에 들어오지 않았다. 못생겼다는 것 외 어떤 감정도 없었다. 집안도 넉넉지 못했을 뿐만 아니라 나이도 많고 이런저런 이유를 들어 얼마든지 시집을 가지 않을 수도 있었으나 자식 된 도리로 부모 뜻에 응했다. 형제간 우애가 남달라 남편이 둘째 아들이라고 해서 배를 곯거나 하는 일은 없을 거라는 믿음은 있었다.

할아버지는 부모에게 손 내밀지 않겠다며 돈을 벌기 위해 새색시를 남겨둔 채 일본으로 떠났다. 곧 자리를 잡은 그는 자식을 봐야 한다는 일념으로 색시를 불러들였다. 아이는 생기지 않았다. 용한 점쟁이를 찾아간 그들은 타국에서는 평생에 걸쳐 아이를 보기 힘들다는 말을 들었다. 오직 손을 보기 위해 그들은 고향으로 돌아왔다. 곧 태기가 있었고 아들을 낳았다.

그때 일본에서 나오지 않았어야 해. 그럼 일을 당하지 않았을지도 모르죠. 안 그요?

엄마가 연구원에게 물었다.

그 사람이 우리 애기 아부지 이름만 부르지 않았어도.

할머니가 끼어들었다. 그해 가을 할머니는 스물한 살의 꽃각시였다. 일본에서 들어와 아들을 낳은 그들 부부는 생애 가장 행복한 시간을 보냈다. 그날 할아버지는 친가에서 자기 형과 함께 초가이엉을 올리고 있었다. 그들 형제는 일찍 어머니를 여의고 둘이 자라면서 형제애가 각별했다.

우리는 여그서 살고… 그 군인들이 여수에서 순천으로 올라왔드만. 어떻게 그런 사건이 생겨서 우리 마을에 왔을까 몰라.

조금 전 말씀드렸던 것처럼 그 사건은…

그건 이미 앞에서 들었고, 어매 영감님 잽혀간 이야기나 해보셔.

연구원의 말을 자르며 엄마는 할머니에게 다음 말을 종용했다. 그 사건은 안중에도 없는 듯 엄마는 그에 대해 정확하게 알리려는 연구원의 말을 툭툭 잘랐다.

지그 성허고 참 말도 못 허게 좋게 살았어. 그날 경찰이 수갑 찬 사람을 끌고 와서 우리 애기 아부지 이름을 불러. 그 사람이 지그 성 친구여. 지서로 데리고 가버린 거여. 지붕 위에 있던 사람을. 나도 졸졸졸 따라갔지. 꿈이냐 생시냐 허면서. 사정을 해도 소용없어. 그길로 행방불명이 돼부렀지. 영 안 와부러.

이후 할머니는 할아버지의 소식을 알지 못했다. 무서운 시절이었다. 총 든 그들에게는 사람의 목숨을 아무런 저해 없이 그 어떠한 제한도 없이 마음대로 할 수 있는 그런 권한이 주어져 있었다.

행방불명이 돼도 못 찾아 봐. 쏴 죽일까 싶어서 밖에도 못 나가. 부모고 뭐고 막 쏴 제껴. 찾다니 언감생심이여. 그해 겨울을 지냈지. 애기가 세 살이나 묵었을까? 그때는 죄인 하나를 찾을라 해도…

애기 아부지라 글제, 죄인이 뭐다요, 죄인이.

엄마가 꽥 소리를 질렀다. 아랑곳하지 않은 채 할머니는 자신의 말을 이어 갔다. 할머니는 글을 배우고 일본을 다녀온 여인이었다. 그녀는 그대로 주저앉아 있지 않았다.

그대로 놔둬서는 안 되겠다 싶데. 찾아 나섰어. 저그 목포형무소에 죄인들이 많다는 말을 들었어. 갓난쟁이를 들쳐 업고, 무조건 거기로 갔어. 하룻밤을 새면서 책을 요만이나 두꺼운 걸 떠들러 봤구만. 없어, 이름이. 헛걸음했제. 또 갔어. 가도 또 가도 없어. 다음번에는 대전형무소로 갔어. 죄인들이 무더기로 끌려 가 있다는 소리가 들리등마. 처음에 거석이라는 말을, 근께 그 소리를 안 했어야 할 건디, 방정이 여수에서 일어난 사건으로 왔다고 헌 거여. 대번에 반란사건이라 허등마. 빨갱이 찾으러 왔느냐고 해. 없다고 딱 덮어부러. 그 안에 분명 있는디. 한 달 뒤에 또 갔어. 있데, 애기 아부지가. 마을 사람들도 다 있등마. 일전에 온지를 알았는데 못 봤네. 글드라고. 죄인이.

총부리가 무서워 부모형제도 찾아 나설 엄두를 못 내던 시국에 꽃 같은 새색시가 아이까지 업고 무섭지 않았느냐고 연구원이 물었다.

뭐가 무서워. 죽으면 죽고 살면 살고. 지은 죄 없고 쬐깐해도 우주만큼 한 아들이 등에 딱 달라붙어 있은께 든든해. 달마다 면회를 갔어. 시아배도 지그 성도 안 나서등마. 아들을 업고 가도 죄인이 쳐다 보도 안 해. 딱 한번 보듬아 보드라고. 그것도 한 해 지나 6·25사변 난 그 달에. 애기를 들여다보면서 머리를 사알살 어루만지며 참 눈물을 흘리드라고…

할머니는 말을 잇지 못했다. 그들은 오래 말이 없었다. 아이고. 엄마가 깊은 한숨을 내쉬며 탄식했다.

부모형제 다 소용없고 마누라밖에 없다 허등마. 기다리지 말고 애기 학교랑 보내소. 그것이 마지막이었어.

4

국가가 다 뭐다요.

할머니가 물었다. 이름 한번 잘못 불린 걸로 딱 그걸로 억지 죽음을 당했는데 참말로 분하고 원통한 일 아니냐고, 그렇게 간 사람도 불쌍하지만 죄 될 말로 남은 사람들도 그보다 덜하지는 않다고, 수절하여 키운 자식 결혼시킨 뒤 시어매는 아들이 사립문을 나서는 순간 자기를 들볶아댔다고, 하다못해 자기 딸에게까지 손찌검을 서슴지 않았다고 엄마는 속사포 쏘듯 주저리주저리 쏟아냈다. 한 사람의 죽음으로 3대에 걸쳐 불행이 이어지니 그런 비극이 없다고 흥분하는 엄마에게 그것이 국가 탓이라는 생각은 안 들었느냐, 국가에 대해 원망, 바라는 것 다 좋으니 마음껏 해 보라는 연구원의 말끝에 할머니가 한 말이었다.

나는 연구원에게서 튀어나온 국가라는 말이 생소했다. 거부감이 느껴졌다. 할머니와 엄마는 자신들의 뒤틀린 생이 국가 탓이라는 생각을 해 본 일이 있을까.

참 국가라는 것은…

할머니가 다시 말을 꺼냈다.

도리를 못 했지. 괴수여.

할머니의 목소리는 엄숙했다.

그때 마을 아낙들이 밤이면 혼자된 나를 보러 와. 피죽이라도 쒀 가지고 와. 자기들이 배를 곯을망정 빈 손으로는 안 와. 국가라는 것은 참 사람을 죽여 놓고도 얼굴 한 번을 안 비쳐. 양심도 염치도 없어.

할머니에게 국가는 괴수였다. 한 사람의 죽음과 남은 가족을 대하는 데 있어 아낙들이 베풀었던 온정에 비하면 그것은 애당초 양심과 도리는커녕 사람을 짐승만도 못한 것으로 취급하는 괴수에 지나지 않았다. 국가에 대해 원망하는 마음이 크시겠다고 연구원은 할머니의 말을 자신이 내놓은 국가라는 질문과 연계시키기 위해 재차 말했다.

어디다 대고 원망을 헐 거여. 국가가 있기나 허간디. 우리를 사람 취급도 안 해. 짐승 새끼와 하등 다를 것이 없어. 자식이 있은께 사는 거여. 밤에 아낙들이 와서 애기가 자는지 살째기 넘어다보고는 아까운 청춘 썩히지 말고 시집가라고 해. 애기가 학교를 못 가요. 어매 시집갈까 봐. 여편네들 속살속살 허는 소리를 다 들은 거여. 지 아부지 마지막 본 날 애기 학교 잘 보내라던 말이 귀에 쟁쟁해서 쫓아 보내도 도로 오요. 마을 초입서부터 엄마엄마 허고 와. 아부지는 안 찾아. 애초에 얼굴도 모른께. 나만 졸졸 따라 댕겨.

결혼 후에도 지그 엄마가 장에라도 가면 담장 밑에 쪼그리고 앉아 종일 기다립디다. 평생 지그 엄마뿐이었제.

절레절레 고개를 젓고 있을 엄마의 모습이 그려졌다. 엄마는 이제 연구원이 묻지 않아도 자신의 불행한 삶에 대해 구구절절 늘어놓을 것이다. 평생 넋두리처럼 쏟아내는 그 말.

아버지는 죽을 때까지 할머니의 품속에서 헤어 나오지 못했다. 엄마는 아버지가 담장 아래 쪼그리고 앉아 자기 엄마를 기다리는 모습을 어릴 때부터 보았다. 이상하게 가슴을 후벼 파서 엄마는 그런 아버지의 모습이 싫었다. 훗날 우물가에서 할머니를 만났을 때 그 모습이 떠오르지 않은 것에 대해 엄마는 두고두고 의아해하였다. 그것이 세 사람의 불행의 씨앗이었다고 엄마는 말했다.

엄마는 시골 처녀로서는 보기 드물게 미모가 출중했다. 외할아버지는 가난한 집안의 가장으로서 살림을 꾸리기보다는 책을 가까이하는 양반이었다. 엄마는 사람 도리만 따지는 자기 아버지와 같은 남자와 결혼하게 될까 봐 그것이 늘 고민이었다. 그녀는 잘생긴 남자를 만나 순정을 쏟아붓는 운명 같은 사랑을 할 그런 남자가 아니라면 곰보 째보여도 좋으니 한평생 먹고 사는 고민만큼은 덜어줄 재력을 갖춘 남자와 결혼하고 싶었다. 이웃 마을을 통틀어 그런 남자는 없다는 것을 알아차린 그녀는 언제든 집을 뜰 태세를 갖추었다. 대처에 나가 세상 구경 실컷 하고 무엇으로든 성공하여 부자가 되고 싶었다. 마침 서울로 도망갈 궁리를 하던 친구와 작당하여 그 기회를 모색했다. 이 사실을 눈치챈 외할아버지는 더 바람이 들기 전에 딸을 시집보내기로 작정했다. 하루는 외할아버지가 아야야, 니 이리 좀 와 봐라, 뒷집에서 청혼이 들어

왔는데 어떻게 생각하느냐 하고 딸에게 물었다. 그 뒷집이 다름 아닌 담벼락 밑에 쪼그리고 앉아 늘상 지그 어매를 기다리던 아버지의 집이었다. 어머 안 가요, 안 가, 나 그 머시매 좋아하지도 않는단 말이요. 서울도 못 가고 시집을 가느니 차라리 머리 깎고 절로 들어가자 했다. 호적을 파와야 한다 해서 절에도 안 갈란다 하고 포기했다. 에이 빌어먹을 거, 갸한테 시집가느니 차라리 죽자 하고 열흘을 굶었다. 눈이 다 꺼지고, 어지럽고, 근디도 안 죽어지데. 씻고나 죽자 하고 우물로 갔다가 머시매 어매를 만났다. 어찌 그리 말랐냐. 포동포동 그 좋던 사람이. 그 말이 어찌 그리 서럽던지 엄마는 할머니 품에 안겨 펑펑 울었다. 엄마는 그때 자기의 모든 야심이 꺾이고 말았다고 우물가에 간 것을 두고두고 후회했다.

신이 노략질을 헌 거제. 그때 우물에만 안 갔어도 그런 징헌 세상 안 살았을 거여.

그 바람에 결혼하고 생이 꼬였다는 엄마의 넋두리는 평생 이어져 지금 연구원 앞에까지 도달했다. 할머니는 엄마가 말을 멈춘 틈을 타서 자기 아들 이야기를 이어갔다.

아들 하나가 목에 타악 걸려서 엄마 엄마, 엄마 엄마 할 때마다 나 가불면 누구를 보고 니가 엄마라 헐 것이냐, 모래밭에다 쌔를 박아도 시집갈 생각은 없었어. 엄마 엄마 부를 때마다 힘이 생기드마. 원망을 품으면 혹여 그 기운이 자식에게 갈까 봐 이슬 같은 마음을 가지려고 무진 애썼어. 밤하늘의 별을 세기도 허고. 가을이면 저그 저 금목서 꽃이 별처럼 떨어지요. 향기 가득한 별꽃 같은 그것을 애기랑 줍기도 허고…

뭔 그런 소리를 다 하요.

엄마가 할머니의 말을 잘랐다.

떡애기 데리고 수절하고 살았으니 분하고 억울하고 그럴 거 아니요. 국가에서 어무이한테 뭣을 해줬으면 좋겠는가, 원 없이 한 번 말해 보란 말이요. 아이고, 말로는 못 하요 그 설움… 한 사람을 잃음으로써 남은 사람들의 삶도 평탄치만은 않았소. 우리는 말할 것도 없고 살아남은 시아배 형도 자기 동생을 대신 보냈다는 죄책감에 시달리다 일찍 세상을 떴소.

엄마의 목소리가 떨렸다.

원하는 거 없어. 남편 자식 앞세우고 지금까지 살아 있는 죄인이 무슨 헐 말이 있어. 며늘아기한테 면목이 없어. 참 요상도 해. 총질해대던 시퍼런 그 시절 애기 아부지 찾아댕기던 그때 생각하면 목이 메네. 그리워. 그때는 남편과 애기가 있었은께. 보고 잡은 사람들이 살아 있었지. 희망은 이제 지나간 세월 속에 있어. 이왕 돌아가서 부렀은께 좋은 자리에 시신이나 묻어주면 소원이 없어. 이때껏 애기 하나 보고 살았어. 남편 흔적이지. 메라도 좋게 써서 남편 보듯 하다 가야지.

5

연구원이 가지고 온 할머니의 사진을 보느라 거실에서는 연신 웃음소리가 흘러나왔다. 토한 끝이라 한기가 몰려왔다. 집안 사정을 훤히 알고 있는 연구원과 얼굴 마주치기가 거북하여 들어가기가 망설여졌다.

얼마 전부터 할머니 모시고 대전에 다녀오겠다며 운전을 해달라고 엄마는 성화를 부려댔다. 할머니가 자기 남편 묘를 쓰겠다며 밤낮 가리지 않고 농장으로 개간한 산을 헤집고 다닌다던 것이었다.

저렇게 구덩이를 파 재끼다가는 나무고 뭐고 성할 것이 없겠어야. 어디서 힘이 나오는지 저러다 니그 할매 잡겠다. 이 차에 차라리 그 묘를 보여주면 어쩌겠냐. 세상에서 가장 길다는 그 으리으리한 무덤을 보여주면 마음이 바뀌지 않겠냐.

엄마가 하소연했다. 엄마는 지난해 유족회를 따라 합동위령제에 다녀왔다. 백수를 바라보는 할머니를 염려하여 혼자 다녀온 뒤 엄마는 그것에 늘 마음 쓰여 했다.

할머니가 묘를 쓰겠다며 농장 출입이 잦아지면서 엄마의 불만도 커졌고 수시로 전화를 걸어오는 통에 내 일상도 엉망이 되었다. 일이 이렇게 흘러가게 될 줄 예상 못한 것은 아니었다. 3년 전

암 수술을 한 아버지가 고향으로 돌아갈 뜻을 보이자 엄마는 펄쩍 뛰었다. 서울에 와서 어떻게 잡은 기반인데 둘이서 또 무슨 모사를 꾸며 내려갈 생각을 하느냐는 것이었다. 결혼을 앞두고 있던 나도 혹여 마을 사람들 구설에 올라 쉬쉬해 온 일이 밝혀질 수 있는 탓에 엄마의 뜻에 가세했다. 문제는 다음 날 엄마가 보인 태도였다. 느닷없이 두 사람의 뜻을 받아들인 것이었다.

두 사람이 살면 얼마나 살겠냐. 한 사람은 백수를 바라보고 또 한 사람은 시한부 생을 받았는데 그들의 뜻을 어찌 외면할 수 있나. 천벌 받지.

언제나 자신의 뜻대로 살아온 사람이었다. 그렇다고 그녀의 말에 동조해버릴 일은 아니었다. 탄탄대로를 달려온 식당을 이유로 들어서라도 말렸어야 했다. 엄마는 성공을 해야 한다는 일념으로 시골 전답을 팔아 상경했었다. 자그마하게 시작한 식당은 곧 자리를 잡았고 그 돈을 투자하여 서울에 아파트도 몇 채 샀다. 자식들 셋을 보란 듯이 대학까지 보냈다. 엄마로서는 성공적인 삶이었다. 그러나 엄마가 사람들 앞에서 그 성공 사례를 읊조리게 될 때까지 그녀가 겪은 고통은 이루 말할 수 없었다. 엄마의 성공은 할머니에 대한 보복을 바탕으로 한 것이었다.

엄마가 상경을 결심한 것은 아버지가 할머니를 지키기 위해 학교 다니기를 포기한 탓에 무학자가 된 것과 관련이 있었다. 엄마는 할머니의 방해에도 불구하고 열심히 자식을 낳아 자신의 세를

넓혔다. 할머니는 자기 아들을 무학자로 만들어버린 것에 대해 죽은 남편과 아들에게는 죄책감을, 며느리에게는 열등감을 가졌다. 엄마는 내 자궁에서 나온 자식들은 당신 자궁에서 나온 무학자와는 다르다는 것을 보임으로써 할머니의 열등감을 자극했다.

할머니도 굽히지 않았다. 그녀는 엄마가 서울에서 고군분투하는 사이에도 아들 부부를 조율했다. 할머니는 아들을 결혼시킨 후 밤이면 바느질, 길쌈 등을 이유로 엄마를 자기 방으로 불러들였고, 엄마는 번번이 할머니의 방에서 아침을 맞았다. 엄마가 아버지와 잠을 자는 밤이면 할머니는 밤새 방문 앞을 서성거렸다. 아버지는 그런 할머니의 눈초리에 밀려 밖으로 돌면서 한 마을에서 같이 자란 남편 있는 여자를 은밀히 만났다. 엄마는 아버지가 좋아서 한 결혼이 아니었기 때문에 눈감아버리기로 했다. 할머니도 그 사실을 알았다. 다만 두 사람은 상대가 그것을 알고 있으리라고는 꿈에도 몰랐다. 엄마는 할머니가 자기 자식을 뺏기지 않으려고 부부를 간섭하는 한, 아버지가 가장 역할을 해내지 못하리라는 것을 알아차렸다.

내가 태어난 이후 할머니의 질시는 더 심해졌다. 나는 자라면서 수시로 아버지와 엄마가 눈에 띄지 않을 때 느닷없이 달려들어 따귀를 갈기는 등의 할머니의 습격을 받았다. 나는 이상하게 울수도 엄마에게 말할 수도 없었다. 해마다 동생들이 태어났고 할머니의 습격은 더 잦아졌다. 동생들이 말을 배워 그 사실을 알게 된 엄마는 우리들에게 무섭게 공부를 시키기 시작했다. 할머니와 아버지에 대한 보복이었다.

그것으로 끝이 아니었다. 엄마가 논밭을 죄다 팔아 서울에 셋방을 얻어 이사를 하겠다고 했을 때 그것을 눈치채지 못했던 두 사람은 경악했다. 그 논밭은 할머니의 시아버지가 자기 큰아들 대신 죽은 작은아들에게 넘겨준 것이었고 당연히 그것은 아버지 차지였다.

할머니의 시아버지는 자기 작은아들이 군인들에게 끌려갔을 때 큰아들을 꽁꽁 숨겨 놓고 집 밖으로 한 걸음도 내딛지 못하게 했다. 그는 자기 작은며느리가 목포니 대전이니 형무소를 떠돌 때 코빼기도 내비치지 않았다. 큰아들은 동생에 대한 죄책감으로 시낭고낭 앓다가 일찍 세상을 떴다. 할머니의 시아버지는 개가하지 않은 채 손을 지켜준 작은며느리에게 머슴을 붙여주고 하루도 빠짐없이 집 앞을 다녀갔다. 두 아들을 앞세운 할머니의 시아버지는 손자며느리가 아들 셋을 낳자 손자에게 재산을 죄다 넘겨주었다. 아버지에게 넘어온 그 재산을 엄마가 장악한 것이다.

고향으로 돌아온 후 얼마 동안 새로 집을 짓고 산을 개간하는 등 마을 사람들에게 성공한 귀향인의 모습을 보여주며 그들의 일상은 순조롭게 흘러갔다. 그들에게서 놓여나 내 삶도 자유로웠다. 산을 개간하여 일군 농장이 그럴 듯하게 외형을 갖추었을 때 아버지가 세상을 떴다. 동시에 엄마의 무릎에 이상이 왔다. 예고

된 것이었다.

6

볕 좋은 마당가에서 할머니는 가을 옷차림으로는 다소 두터운 듯싶은 긴 밤색 치마에 흰 스웨터를 걸치고 강아지와 노닥거렸다. 마당 빨랫줄에는 흰 면 이불 홑청이 널려 있었다. 할머니 오줌 싼 이불 홑청을 뜯어내 엄마는 세탁기로 돌려 폭폭 삶아 빨랫줄에 펴 널었다. 햇살 받은 흰 천이 바람에 일렁이는 것을 바라보던 할머니가 이불 홑청 사이로 들어갔다. 그녀는 그 속에서 헤엄치듯 허우적거렸다. 온몸이 흰 털로 뒤덮인 강아지가 졸랑졸랑 따르며 꼬리를 쳐 댔다.

아이고 하는 짓이 어찌 그리 세 살 먹은 애기 같소. 저놈의 강아지랑 하는 짓이 똑같네. 빨리 이리 못 나오요오.

우물가에서 엄마가 소리를 질렀다. 이불 홑청 속에 있던 할머니가 움찔 멈추어 섰다. 놀란 강아지가 꼬리를 내리며 그녀의 발치께에 앉았다.

동료 큐레이터와 통화를 하며 그 모습을 지켜보던 나는 할머니에게 다가가 이불 홑청을 걷어 올려 주었다. 은백의 머리칼을 한 할머니가 드문드문 박힌 이를 드러내며 천진하게 웃었다. 내 뺨을 후려갈기던 독살스럽던 그녀와는 다른 사람이었다. 하루 이틀도 아니고 복장 터지는 꼴을 어떻게 보고 사느냐며 할머니의 속옷을 주물러 빨던 엄마가 비누거품 묻은 손으로 가슴을 쳤다. 할머니가 느린 걸음으로 화단 맨드라미 옆으로 가 앉았다. 강아지가 달라붙어 꼬리를 흔들었다. 검불 같은 할머니의 부스스한 머리털이 윤기 자르르한 강아지 털과 대조를 이루었다.

방으로 들어가 잠시 눈을 붙였다. 나는 숨넘어갈 듯 자지러지는 웃음소리에 놀라 깨었다. 이불을 박차고 밖으로 튀어나갔다. 어느덧 사방은 노을이 짙었다.

간지러워, 며늘아기.

마당 한 켠 비닐하우스 안 세면실에서 엄마가 할머니를 씻기고 있었다. 수돗가에 요이불이 둘둘 말려 있는 것으로 보아 그 사이 대소변을 본 모양이었다.

잔뜩 부풀린 비누거품에 감싸인 할머니의 몸을 엄마는 샤워기를 들어 씻어 내렸다. 뼈만 남은 할머니의 앙상한 몸이 드러났다.

어매도 나도 서방 앞세우고 사는디, 하나 있는 딸래미도 서방과 갈라서부렀소. 우리 부부 사이 갈라놓고 또 손녀딸 후려잡고 어쩌자고 그리 해코지를 했소.

엄마가 서울로 간 것은 은밀히 만나는 그 여자를 아버지 곁에서 끊어놓으려는 의도도 있었다.

그 거리가 천리만리인디도 두 사람의 그 꼴같잖은 사랑은 식지도 않습디다.

엄마가 콧방귀 뀌듯 말했다. 아버지는 그 여자와 중간 지점인 대전에서 만났다. 엄마는 모른 체했다. 훗날 엄마는 자신의 인생에서 제일 잘한 일이 두 사람의 만남을 눈감아 준 일이라고 말했다.

한날은 눈이 퉁퉁 부어 오더니 다시는 대전에 가지 않겠다고 합디다. 몇 날을 이불 뒤집어쓰고 꼼짝을 안 해. 밥도 먹지 않고 울기만 하는 거여. 하루는 나를 붙들고 그 대전이 죄도 없이 끌려가 교도소에 갇혀 있던 아버지를 울 엄니가 나를 업고 면회 다닌 곳인디, 내 아버지가 총살당하여 수많은 사람들과 구덩이 하나에 매장 당한 곳인디 하면서 울부짖습디다. 나가 거기서 여자 만나 부둥켜안고 뒹굴었네 하면서 대성통곡을 하더란 말이요. 그게 각시 붙들고 할 말이요? 그 뒤로 어매 뒤만 따라다니다 저 세상으로 안 갔소.

울 애기가 어디를 갔어?

여태 뭔 말을 들었소. 가만히 좀 있어 보란 말이요. 서방님 만나러 가는 길, 몸도 마음도 깨끗해야 할 것 아니요.

우리 애기 아부지를 만나러 가?

어매 서방님이 세상에서 젤로 긴 무덤에 묻혀 있단 말이요. 참말로 으리으리하게 만들어 놨습디다.

나는 마당으로 내려섰다. 엄마는 대전 위령제에 다녀온 이후 그 무덤의 규모에 찬탄했다. 그 으리으리함을 국가가 죽은 할아버지와 가족들에게 베푸는 은공쯤으로 여기는 듯했다. 엄마는 세상에서 젤로 긴 으리으리한 무덤이라는 말을 할 때 할아버지가 거기 묻힌 것을 우쭐대는 듯도 싶었다. 그 무덤이 사실은 할머니가 말한 양심도 없고 도리도 못 지키는 국가가 그 책임을 회피하고 엄마처럼 망상에 젖게 함으로써 유족들을 전적으로 배제시키고 있는 것임을 알지 못하는 것이다. 그들의 대전행을 어떻게 할 것인가. 나는 그녀들 곁을 서성거렸다.

아이고 이 할마씨 하는 엄마의 타박 놓는 소리가 집안의 정적을 깼다. 무엇이 그리 좋은지 두 사람의 웃음소리가 끊이지 않았다.

마당에 내려앉은 별 같은 금목서 꽃떨기 위로 달빛이 내리쬐고, 배냇냄새 같기도 하고 분내 같기도 한 향이 낭자하게 떠다녔다. 구만리장공을 지나 서천 꽃밭을 돌아온 향이었다.

계간 『동리목월』, 2021 봄호

독사의 뱃가죽

1

평생 입을 호라매고 살았는디 절대로 해서는 안 될 말이 툭 불거져 나와버릴 것 같아서 그랬소. 둘이 있은께 하는 말인디 울 아버지가 '그것'에 연류 돼 있다 하는 말이 나와불면 볼 장 다 보는 거 아니요. 입을 못 떼겠습디다. 앞 사람 순서가 끝나자 여기저기서 박수를 처댐서 울어쌌고, 감동이다 어쩐다 해싼께, 나도 평생 꾹꾹 눌러놨던 그 말이 막 하고잡드란 말이요. 소가지가 없제. 어찌 감동이라는 말에 혹할 수가 있는지. 연속극도 아니고 우리들 이야기가 사람들에게 감동을 준다는 것이 가당키나 한가. 정신이 퍼뜩 듭디다. 다시 입을 잡아맸소. 내 아픔은 손톱 밑에 낀 작은 티끌 하나도 큰 줄을 알지만 바윗덩이 같은 넘의 고통은 헤아리기 쉽지 않제이. 우리들이 겪은 일을 요즘 사람들이 알기나 할란가.

우리들 아픔은 안 겪어 본 사람은 모르요. 절대. 그런께 감동이라는 말을 하는 거제. 참말로 선생님한테는 미안하요. 애당초 나보다 더 훌륭한 사람, 짠한 사람 찾아보라 안 합디요. 수많은 사람들 앞에 서는 것이 평생에 한 번 있을까 말까 한 일인디 하필이면 증언을 하라니, 그것도 아배 죽은 이야기를 하라니 깝깝합디다. 선생님이 옆에서 도와준다고, 아무 걱정 말라고 해서 맘 단단히 묵고 올라갔는디 결국 그렇게 되고 말았소. 아따, 천 여사는 말을 청산유수로 잘 합디다이. 천 여사랑 나온 사람도 마찬가지고. 자기를 박사라고 소개하등마. 박사답습디다. 어찌 그런 사람끼리 딱 묶었다요. 둘 다 원체 말을 잘한께 박수도 막 나오고, 감동이라 해쌌고. 우리 선생님이 그런 사람을 만났어야 했는디. 어찌 말을 안 했소. 선생님도 박사님이라등마. 나는 그렇다 치고 옆에서 묵묵히, 가만 앉아 있는 선생님은 또 뭔 죈가 싶고 죄송스러워 환장하겠습디다. 선생님을 봐서 말을 하려는디 혀가 말립디다. 뭔가 막 꽉 눌려서 할 수가 없드란 말이요. 증언한다고 나온 사람들다 잘 합디다만 그 말, 속엣말을 다 했을까… 지옥을 댕겨온 사람들인디 그 세상에서 겪은 일을 다 말했을까, 할 수가 있었을까…. 힘들면 굳이 말 안 해도 돼? 하지 말란께 또 하고 잡네. 기왕에 이렇게 된 거 오늘 하려고 했던 말 해 볼라요. 들어주실라요? 나가 편하게 말 놓을라네. 선생님 아군 맞제?

　우리 집은 마을에서 좀 떨어진 외진 곳에 있었소. 할매 친정이 우리 마을에서도 한참 더 들어가는 산중 골짝인디 거기 산사람들이 많았다여. 할매하고 멀어도 한참 먼 친척이 우리 집으로 숨어든 거여. 사정을 한께 내칠 수도 없고 한 며칠 숨겨줬다등마. 밥도 주고 그랬제이. 그 시절에는 밥만 줘도 죽여. 좀 전에 증언했던 박 씨 엄마도 밥해줬다고 애기 젖 먹이던 사람을 경찰이 총살했다 안 한가. 우리 할매는 밥 주고 재워주기까지 했은께 보통 문제가 아니제이. 당시 아버지는 면서기를 하면서 한청대장 노릇을 했다대. 한청대장이라 하면 '그것'하고는 반대편 아니라고. 결국 일이 터지고 말았제. 순경들이 마을 사람들을 불러내서 논두렁에 꿇어 앉혀놓고 좀 모자란 놈을 끌어내더니 다짜고짜 몽둥이질을 허드래. 빨갱이짓거리 한 사람이 누구냐 한께 그 모지리가 막 손가락질을 해분 거여. 아버지까지 다섯이 지서로 끌려갔는디 순경 눈길이 아버지한테로 쏠려불드래. 뭣을 알았기 때문에 그런 거제이. 니가 한청대장질을 하면서 빨갱이짓거리를 한 것은 이중생활에 첩보질을 한 거 아니냐. 대번에 개머리판으로 찍어부렀다네. 절대 나는 그런 적 없다. 아버지로서는 참말을 한 거제. 일은 우리 할매가 벌인 거니까. 그때 아버지는 머리 모양을 하이카라 스타일로 하고 있었대. 옛날에는 머리카락을 좀 길게 하면 하이카라라 그랬는갑서. 순경이 그 머리를 탁 치면 아버지가 나는 아니요 하고, 그 말에 미쳐서 마구 짓밟으면 억울하요 하고. 급기야 개머리판 그것으로 콱 내리치니까 실신을 해부렀대. 죽어부렀대. 시신을 포함해서 다섯을 시내 경찰서로 연행해 갔대. 네 사람은 풀려나온 거여.

　인자 그 사람들이 말을 해줘서 할매가 나를 데리고 시내 경찰서로 갔어. 엄마는 진작에 혼이 빠져부렀고. 할매가 내 손을 꼭 붙들고 간 거여. 무섭드마. 처음 보는 큰 차가 여러 대 서 있고 총 멘 군인들이 사람들 눈을 검정 띠로 가려서 막 끌어 내리고 들어오고 나가고…. 아버지를 어찌 찾을 건가. 지서에서 이미 죽어부렀다는디. 할매가 애를 태우고 환장이 되어서 순경을 붙들고 하소연을 하다가 철창을 기웃대다가 요리 가고 저리 가고 생난리 굿을 했지. 뒷문으로 나오다 할매가 걸음을 멈추데 뭣이 거적때기에 덮여 있어. 할매가 떠들러 보드만. 하이카라 머리였던가. 마구 뒤엉킨 머리카락 사이로 퉁퉁 붓고, 눈 코 입이 일그러져 형체를 분별할 수 없는 얼굴이…. 아이고… 아이고…. 그제사 할매가 거친 손으로 내 눈을 가리데. 근디이 뭔 배짱이었는가 몰라, 열 살짜리가. 할매 손을 그대로 둔 채 손가락 사이를 열어 시체를 본 거여.

　나가 뭘 봤는지 아는가. 흐컨 발. 미처 거적때기에 덮이지 않은 그 보드랍고 흐컨 발. 백설기같이 흐커데. 그때 내 눈에는 그렇게 보이드란 말이시. 기억이란 것이 믿을 것은 못 되지만 참혹하게 뭉개진 얼굴 저만치 뚝 떨어져 있던 그 흐컨 발이 평생 내 눈에서 떠나지 않았네. 아버지는 뭉개진 얼굴보다 그 흐컨 발로 남았네. 할매가 우왁스럽게 나를 끌고 어디 구석대기로 가데. 할매 손에 이끌려간 바람에 잠깐, 짧은 순간 본 거여. 독사의 황금빛 뱃가죽을 본 거맹키 순간이었어. 독사 뱃가죽을 어떻게 볼 수 있느냐고? 없제. 쏜살같이 지나가분께. 근디 살다 보면 볼 수 없는 것도 용케 보게 되는 수가 있어. 아버지 그 하얀 발은 가상 아니냐고? 거짓 형상? 뭔 말들이 그리 어렵단가. 근께 헛것을 봤다 그 말이제? 봤단 말이시. 할매 손가락 사이에서 나는 봤네, 틀림없이, 그 백설기같이 흐컨 발을. 확하니 눈깜박할 새 담벼락을 타넘으면서 히끗 내보이는 독사의 황금빛 뱃가죽을 보대끼 그렇게 본 거여. 선생님 말을 듣다 본께 다 헛것 맹키네. 근디 말이여. 나가 뭉개진 우리 아버지 얼굴, 퉁퉁 붓고 눈 코 입 구분도 없어진 아버지의 얼굴을 기억했다면 참말로 못 살았을 것이네. 보는 순간 심장이 멈춘 거 맹키데. 눈알이 딱 멈춰서 돌릴 수가 없데. 무섭고 막 춥고, 그 어린 것이 뭘 할 수 있었는가. 눈에 담았제. 잊지 않을라고 사진 찍대끼 부들부들 떨면서. 천년만년 잊지 않을 것처럼. 사람이 그리 영악해. 그 순간에도 제 살 길을 찾는 거여. 뭉개진 얼굴을 외면하고 과감하게 눈을 거두어 발을 본 거제. 그 발을 기억했기 때문에 오늘날까지 나가 산 거여. 아버지의 몸에서 유일하게 성성했던 것이 발, 그 흐컨 발이었소. 선생님 말대로 헛것이라고 해도 그것 때문에 나가 우리 아버지를 이삐게 기억할 수 있었던 거여. 그때 나는 인생의 전부를 봐 분 거 같애. 주제넘게 박사 선생님 앞에서 너무 거창한 말을 하는 것은 아닌가 몰라.

사람 목숨이, 죽음이 아무것도 아니데. 할머니의 손가락 사이에서 아주 짧은 순간 보았던 아버지의 뭉개진 얼굴과 흐컨 발은 인생이란건 애초에 비극이고, 그것이 진실이다 하는 것을 그러니까 한마디로 인생의 비밀을 일찌감치 나에게 열어분 거제. 사람들이 나보고 항상 밝다고 하는디 그것은 아버지의 흐컨 발 때문이여. 사는 것이 다 헛것이여. 진실 그런 게 있다요. 아버지의 뭉개진 얼굴이 진실인디 그것으로부터 눈을 거둬 본 흐컨 발은 거짓부렁 아니요. 나는 한마디로 진실을 외면해부렀제. 살다가 두 눈에 박히고 가슴에 새겨진 흐컨 발을 떠올리면 분하고 서러워서 남몰래 울기도 했지만 그래도 힘이 나데. 요상한 일이여. 살아 있는 것 그것 말고는 암것도 소용없어. 우리 아버지 흐컨 발이 나에게 준 선물이제.

흐컨 발에 눈이 머문 건 아주 짧은, 찰라였어. 할매가 나를 구석대기로 끌고 가서 우리 가족 운명은 네년 주둥이에 달렸다. 그 말을 하는 할매 얼굴이 뭉개진 아버지 얼굴보다 더 무섭데. 이것은 나하고 우리 할매만 아는 사연이여. 할매가 들락달락 하는 사람들 중에 어떤 남자를 붙들고 뭔 말을 해쌌데. 얼마나 기다렸을까, 한 남자가 지게를 짊어지고 왔드만. 그런 일이 하도 많은께 시체 치워주는 사람이 있었는갑서. 할매가 집안네 남자를 부르지 않고 그 사람한테 맡긴 거제. 저그 땅곡재에 묻었어. 표시를 해놨다가 뒤에 선산으로 이장을 했제.

그걸로 끝난 것이 아니여. 지서에서 할매를 밤낮 찾아. 엄마는 정신이 나가 있었단께. 할매를 끌고 가서 고문을 한 거여. 당신 아들이 죽어부렀은께, 죽은 자는 말이 없은께. 할매를 족치는 거제. 내통한 사람을 대라 함시롬 두들겨 패고 물에다 처넣고. 할매가 우리 식구를 살렸제, 나까지 여섯을. 할매가 큰소리를 좀 쳤제이. 고문에 못 이겨 아이고 예예 맞소 그랬으면 우리 식구 그때 다 죽었다 그거여. 할매가 고문을 당하고 온 날이면 시국을 잘못 만나 내 아들이 죽었네. 똑똑헌 내 아들, 오매, 아까운 거. 함시로 밤 내내 울면서 악을 써대네. 동네 사람이 듣다듣다 못 참고 아따 아들 하나 살아 있은께 잊어부시오 하고 한소리 하데. 아갸 아갸 저것이 아들이다요. 저깟 것은 즈그 형 발가락 사이에 낀 때만큼도 못 하요. 할매가 미쳐서 애꿎게 화살이 작은아버지한테로 돌아가는 거여. 작은아버지가 가만 있간디? 그래도 부모를 모시고 사는 사람은 나요. 하고 한마디 하제. 작은아버지가 울 할매 그 소리에 앙심을 품고 살았어. 나 속에 있는 말을 선생님한테만 내놓네. 무서워서 평생 안 했어. 외딴집에 '그것'이 숨어 있다는 낌새를 알아챈 사람이 더러 있었는갑데. 할매가 아이고 시국을 잘못 타고 나와서 내 아들이 죽었네에 하고 외칠 때 시국이라는 말에 힘을 줬어. 그 웬수를 하룻밤 쥐도 새도 모르게 재워준 내 죄가 아들을 잡았네에 하고 외칠 때 흐물흐물 구렁이 담 넘대끼 해분 것과는 다르게 그 말을 할 때 할매 목소리는 쩌렁쩌렁 호랭이 소리처럼 마을을 울렸어.

2

　나 열한 살 때 아버지 가고 한 해 뒤에 엄마를 시집보냈네. 할매가 아홉 군데나 선을 보였어. 나가 엄마 선보는 데 따라 댕겼단께. 엄마는 방구석에 처박혀서 아버지 생각만 하고 시집갈 마음이 없었어. 울 아버지가 휜 허니 참말로 잘 생겼었네이. 둘이 그리 금슬이 좋았어. 할매, 하네 밑에서 평생 나만 믿고 산다고 했는디 할매가 서두른 거제. 할매는 손 잇는다고 작은아버지 혼사도 서둘렀어. 엄마가 아버지를 똑 닮은 작은아버지한테 의지를 많이 했어. 마음 둘 곳 없으니 서방처럼 생각을 한 거여. 할매가 눈치를 채고 이렇게 놔뒀다가는 안 되겠다 싶은께 엄마 재가도 서둘러분 거지. 우리 외할매도 모르게. 후제 외할매가 쫓아와서 우리 딸 내놔라 악을 쓰고. 그때는 이미 늦었제. 그 시절에는 시어매가 나서서 며느리 재가시킨다고 할매가 치하도 받고. 선보러 가서 엄마가 고개 외틀고 앉아 있으면 나랑 할매가 요모조모 뜯어보고 퇴짜 놓고 그랬어. 그러다 딸만 여섯 있는 비단장수 홀아비한테 할매 눈이 꽂혔네. 장날 할매가 나랑 엄마를 끌고 가서 저만치 세워두고는 저 영감인디 어쩌냐 하데. 엄마가 탁 고개를 돌려부러. 나가 봐도 상 영감이여. 남자 보지 말고 앞을 봐라이, 나가 다 알아 봤다. 집도 있고 논밭도 솔찬하고 재산이 쏠쏠해. 비단장사 왕서 방이라 안 하드냐. 딸만 여섯인께 아들만 낳아 봐라, 다 니 차지 다. 본처가 아들 낳다가 둘 다 잘못됐다데. 아들이 귀한 집 아닌 갑네. 할매 말은 아들만 하나 낳으면 그 살림이 엄마 차지가 된다 이거여. 그때 엄마가 나이 서른이 못 됐는디 그 사람하고는 열세 살 차이가 나. 엄마를 살살 홀려서 에운 거여.

어찌 엄마를 따라 간단가. 나가 열 살 때 아버지 흐컨 발 보고 이미 어른이 됐다고 안 하든가. 애기인 척했지 속은 놀놀했어. 아무리 딸이라고 해도 아버지 씨가 나한테 박혀 있은께 우리 집에서도 나를 보낼 수 없제. 엄마가 시집가는 날 학교 파하고 교실에 혼자 있는디 친구가 막 숨을 몰아쉬며 오데. 니그 엄마가 학교를 쳐다보면서 얼마나 우는지 걸음을 못 걷드라고 해. 울 엄마가 인자 시집을 가는 갑다 했어. 그날 밤 할매가 엄마 데려다주고 술이 떡이 돼 왔데. 아이고 내 자식 죽은 건 일도 아니네, 워머 좋은 며느리 줘불고 나 죽겠네. 할매가 마룻장을 두드리면서 울어. 나는 안 울었어. 우리 엄마 가고 할매가 더 잘해 주지마는 나가 엄마 가난이 들데. 밥보가 밥을 못 묵어. 할매가 눈치를 탁 채고 한날 조용히 물어보데. 아가 엄마 보고 잡냐 그래. 나가 막 울면서 보고 잡다 그랬어. 다음 날이 장날인디 나를 끌고 가드마. 엄마 저그 있다. 가서 의붓아부지한테 넙죽허니 절을 해라이. 엄마가 천막 안에서 비단을 쌓아놓고 장사를 하고 있드마. 의붓아부지하고 둘이 앉아서 비단을 펼쳐놓고 자로 재고 있어. 아, 그 광경을 딱 보는 순간 내 가슴이 싸늘해져 버리데. 얼릉 가서 납죽허니 절해라 이. 할매가 채근을 해. 안 보고 싶어, 안 볼 거여. 가세, 가세, 가. 엄마 하나도 안 보고 잡은께 얼른 가세. 홱 돌아섰어. 정이 뚝 떨어지데. 엄마가 그 영감 옆에 있은께 딱 뺏겨부렀다는 느낌이 든 거여. 할매가 엄마한테 쫓아가서 얼른 저 가이내를 좀 잡아라, 니 그 보고는 뒤돌아서 쌩하니 가분다. 그랬는가 어쨌는가 엄마가 쫓아왔드만. 보듬고 울었어. 엄마도 울고 나도 울고. 이별의 눈물이제. 그 뒤로는 돈 엄마제. 돈이 궁하면 장날 어쩌다 찾아 가. 한 닢씩 준께. 보고 싶어 간 건 아니여. 나도 그랬지만 엄마도 정이 없드라고. 거기다 그 쪽 애기들 낳고는 싸늘하데. 잊고 살았어.

3

나가 어떻게 살았냐 하는 것은 참 말도 마소. 엄마가 잠시 작은아버지에게 마음 의탁했다는 것을 어떻게 알아챘는지 작은엄마가 나를 그러고 미워하데. 항상 밭을 매라 해. 그때를 생각하면 몸서리가 나. 넓은 밭을 얼마만큼 뚝 떼어주면서 다 매야 집에 올 수 있다고 그래. 팥쥐 엄마가 따로 없어. 한여름에 그놈 밭을 매고 나면 등어리에 땀띠가 두드러기같이 나. 울면서 어무니 아부지 왜 나를 낳으셨나요 그런 노래를 불렀어. 지금도 생생해. 보다 못한 할매가 차라리 서울로 가라 하데. 언제? 졸업 타고. 초등학교제, 중학교를 보내주간디. 나가 공부를 잘했어. 5년 내내 우등상장을 받아서 방 배람박에다 줄줄이 붙여놨었어. 6학년 때는 중학교 가는 애기한테 줘서 할매가 학교로 쫓아가서 악을 쓰고 그랬어. 중학교가 얼마나 가고 싶던지 작은엄마 애기를 업고 교실 창문 너머로 진학 공부하는 친구들을 훔쳐봤던 광경이 눈에 선하네. 마을에서 학교도 안 댕기고 서울로 일찌감치 돈 벌러 간 가이내가 있었어. 그 시절에 극장에 가면 껌 파는 소녀 있었잖아. 친구가 가냘프게 생겼는디 그걸 해서 돈을 제법 벌드라고. 나는 쑥맥이라 못해. 갸가 나를 어느 집 식모로 넣어 주드라고. 눈칫밥을 묵어서 그런가. 배가 고파. 참말로 환장하겄데. 차라리 밭을 매지 식모살이는 못 하겄어. 작은아버지한테 편지를 써서 사정을 했어. 집에서 살게 해달라고. 집에 와서 더 힘들었제. 작은엄마가 일을 더 시키데. 객지에서 철이 들었는가 작은엄마가 못할 짓을 해도 안 쫓아내고 받아준 것이 고맙드마.

잘했든 못했든 길러서 시집까지 안 보내줬는가이. 스무 살 때 시집갔네. 요상허니 후딱 해치워부렀제. 하믄, 중매제. 작은아버지가 꿰 낯바닥만 한 곳에서 자기 얼굴에 먹칠하지 말아라 하데. 한마디로 연애하지 마라 그 거여. 연애했으면 시집 잘 갔을 거여.

마을 총각들이 다 나를 좋아했어. 순한 데다가 통통하니 얼굴이 박꽃같이 흐케서 복실강아지 같았어. 친구들이 헌 말이여. 연애도 하고 얼마든지 골라잡아서 결혼할 수가 있었어. 하믄, 좋아하는 사람도 있었지. 선 자리도 부모가 없은께 좋은 데는 차지가 안 되제. 중신애비가 두 군데서 사진을 갖고 왔등마. 월남 갔다 온 사람하고, 또 저그 어디 골짜기라는디 하늘만 보이는 곳에서 사는 사람하고. 나가 일이 몸서리가 나서 골짜기로는 안 갈란다 했어. 후제 알았는디 거기가 진짜배기여, 부잣집 작은아들이었드마. 철도국에 다니는 고꾼인디, 고꾼이라는 것은 연장 들고 댕김시롬 철로를 두들기고, 화물차에 판대기도 밀어넣고 그런 일을 허는 사람이여. 나가 복을 찬 거여. 그리 갔어야 돼. 철도국에 다니니까 애기 낳으면 그놈 가르친다 하고 시내로 나올 수가 있었을 거 아닌가. 부모가 없은께 살펴보도 않고 작은엄마가 해치울 생각에 등 떼밀어분 거제. 나가 월남 갔다 온 사람한테로 간다 그랬어. 사진을 보니까 남자가 인물이 훤해. 인물이 반반해서 선택한 건 아니라. 어찌 애잔하니 참 마음이 가등마. 시내 살면서 자전거방을 한다데. 형님이 경찰관이고. 공무원 집안 아닌갑네. 그만하면 나가 시집 잘 가는 거 같드라고.

결혼할 때 참말로 서러웠지. 작은엄마가 돈 아낄라고 우리 엄마 덮었던 이불솜을 뜯어서 작은 이불 하나 해주드라고. 할매가 속이 상해서 지그 엄마 팔자가 궂은디 새 길에 그 이불솜을 뜯어서 넣어줘야 되겠느냐 그 말을 며느리한테는 못 하고 유제 할매한 테 하소연을 해. 그 할매가 참 똑부러진디 나를 부르드마. 아가, 니그 작은아버지한테 나도 큰아들 자식으로 그만한 권리는 있소, 울 아부지 재산 내 몫으로 조금 떼 주시오. 이 말을 해라 글데. 나 도 속이 없제이. 뭣도 모르고 하라는 대로 했어. 작은아버지 노여 움만 샀어. 지금도 안 늦다, 니 몫을 줄 테니 아니 이 집 재산 다 갖고 니가 할매, 하네를 모시고 나가라 하데. 말도 안 되는 소리 제. 그런 건 설움도 아니여. 부모 없이 하는 결혼이 섧제. 세상에 서 귀한 것중에 부모 자식 간 만한 게 있겠는가. 어린 나이에 모 질게 박탈당하고 그 자리가 상처로 남은 것이제. 가급적 상처 팬 자리들은 돌아보지 않으려고 했는데 시집을 가려니까 그 자리들 이 그렇게 크데. 엄마는 장날이면 얼마든지 쫓아가서 볼 수가 있 었지. 이상하게 나는 아버지가 보고 잡데. 그 흐컨 발이 생각나. 그 발이 그렇게 서러운 거여. 거적때기에 싸서 대충 묻어둔 그 자 리로 갔어. 그때는 아직 이장하기 전이라. 울 아버지 묻고 처음이 었네. 얼마나 울었던가. 내 생에 처음이었네. 엄마, 아버지가 서 로 사랑해서 나를 낳았는디… 시방 같은 세상은 여자라고 해서 대 를 못 잇고 그런 일은 없지만 그때는 사정이 달랐제. 한 사람이 태어나 짝을 짓고 대를 이을 손을 만들고 그것을 이어가는 것, 그 것이 인간의 근본인디 국가가 들어서서 사람을 생으로 죽여 그것 을 끊어놨으니… 한 가정을 파탄으로 몰아넣고 생이별을 하게 만들었으니 얼마나 비극이냐 이 말이여. 죽은 사람도 제 명대로 못 살고 생죽음을 당해버렸지만 살아 있는 사람도 목숨만 붙어 있지 그 상처를 안고… 정상적으로 사는 것은 아니었제.

시집을 가고 본께 자전거방은 형님 거고 남편은 거기서 요렇게 왔다 갔다 심부름만 해. 술을 얼마나 마시는지 사람이 요상허등마. 일도 안 하고 노상 취해 있어. 조실부모하고 형님이 키웠는디 경찰관 하면서 이동할 때마다 요리저리 데리고 댕김시롬 학교도 못 보내부렀대. 중신애비가 거짓말을 해분 거여. 속아분 거제. 시집으로 들어간께 통 애기들만 바글바글해. 세 배에서 나온 시숙님 애기들이여. 시숙이 각시가 셋이었다등마. 각시를 얻어싼께 큰각시가 뿔이 나서 밀고를 하고 내빼부렀어. 그 바람에 경찰모가지가 달아난 거라. 시숙이 하루 보리쌀 한 되씩 사다주데. 그것을 도구통에 갈아. 물을 넉넉히 부어 밥을 퍼지게 해서 나까지 열둘이 묵어. 애기들조차 요만씩요만씩 담아주고 나면 내 몫이 없어. 누룽지라도 좀 묵을라 하면 오메, 애기들이 전부 그릇을 추켜들고 왔어. 나가 아무것도 못 묵고 배가 고파서 못 살겄어. 우리 집에서는 일은 고되도 배는 안 곯았어. 다른 집은 피죽 끓여 묵을 때 보리밥이라도 넉넉허니 묵었제. 쌀이 귀할 때라 밥할 때 보리 위에 쌀 쪼께 얹어서 어른들만 주고 그랬제만 할매 하네 덕에 쌀밥 묵었제. 할매가 쌀밥 한 숟구락 확 퍼서 작은엄마 몰래 내 보리밥 속에다 딱 밀어 넣어 깡깡 눌러줘. 자기 쌀밥, 그놈. 또 하네가 딱 밀어 넣어 주고. 근께 배만 늘어서 서울에서도 그렇고 요 배 채울라니까 참말로 살기 힘들더라고. 시집 와서 얼마나 울었는지 몰라, 배가 고파서.

한날은 할매가 어떻게 사는가 하고 나를 보러 왔어. 하필 밥 때인디 밥이 없네. 눈꼽만이나 담아 둔 남편 밥을 할매를 주자니 그 사람이 걸리고… 애가 터지는 거여. 할매, 나가 그냥 저 골짝으로 시집갈 걸 잘못했네. 영리한 할매가 딱 알아차려. 나가 굶다시피 해논께 얼굴이 쭉 빠졌제. 통통하게 달덩이같이 해서 시집 보내났는디 아이고 요것이 배가 고프구나 눈치를 채고 눈물을 찍으면서 가불드라고. 할매가 집에 당도하기가 무섭게 기별을 했어. 친정으로 당장 오라는 거여. 근디 시숙이 그 옛날 경찰관 하던 자존심이 있어서 안 보내주네. 밥을 배불리 묵을라면 작은엄마가 구박을 하더라도 가야겠는디…. 근디이 부모가 없어 눈물 난 거, 일이 고되서 눈물 난 거 그것은 참 암것도 아니데. 배고픈 거, 그것같이 눈물 난 것이 없어. 지금 나가 하는 소리를 이해 못 할 거네. 요즘 사람들은 배고플 일이 없으니까. 배가 고픈께 육신에서 정신도 빠져나가고, 뭔 감각도 느낌도 없고, 딱 육신 껍데기만 남데. 그 육신이 원하는 것은 딱 하나 밥이여. 우스울 거구만. 선생님 같은 사람은 정신이 우선일 거 아닌가. 얼마나 배가 고프면 먹는 꿈을 다 꾸네. 꿈에서 깨어났을 때의 그 고통, 모를 거여. 먹는 것만 밝힌다고 할지 모르겠는데 배가 고파본께 이 육신에서 맨

나중까지 남는 것, 육신이 마지막에 원하는 것, 그것이 밥이데. 배가 고픈께 인간이 가진, 아까 나가 말한 정신 그런 것은 다 사치고 오만이데. 왜 그렇게 배가 고팠는지 몰라. 묵어도 묵어도 배가 고픈디 못 묵은께 살 수가 없어. 작은엄마 나 독새 뽑으러 왔네. 소갈머리 없이 친정으로 들어갔어. 독새? 옛날 보리밭에 나는 보들보들한 풀이여. 그걸 안 뽑으면 보리가 다 져부러. 보리에 독새풀이라는 말이 있어. 그것 매는 것도 몸서리나는디 밥을 묵은께 살 것데. 작은엄마가 이삐데. 나 밥 준 것이.

4

남편이 편지를 써서 보냈데. '다이도 바이다'로 시작되는 편지였어. 뭔 말인지 알겠는가. '달도 밝다' 그 말이여. 나가 그런 남자를 만난 거여. 그렇게 무식한 줄을 몰랐어. 놀란 속도 모르고 그 받침도 없는 편지를 계속 보내오는 거라. 안 되겠다 싶는께 집으로 찾아오데. 밤새도록 땅곡재를 걸어서 넘어오는 거여. 술에 취해서 귀신을 만났네, 도깨비를 만났네 횡설수설하고 그러다 보면 날이 번히 새서 눈도 못 붙이고 가. 그 짓을 달포 남짓 했을랑가. 나 아니면 안 되겠다는 거여. 뭣이든 해서 밥은 안 굶기겠다고 기어이 가자는 거라. 작은아버지 보고 보리쌀 한 말만 주라고 했어.

그거 머리에 이고 술 한 병 받아서 도로 시가로 안 갔는갑네. 시숙이 자존심은 있어서 다 던져불데. 유제 사람이 보기 짠했는가 정제방이라도 그냥 와서 살아라 해서 들어갔네.

그때부터 고생이 시작됐다고 봐야제. 남편이 똥구르마를 끌데. 큰애 가져서 되똥거리며 뒤에서 밀고 같이 댕겼어. 살란께 어쩌겠어. 똥장군 하나에 돈 얼마 그래. 냄새는 고약하고 힘은 들고 돈은 안 되고. 아이고 똥구루마쟁이 하지 마시오, 나가 차라리 리어커로 배추 장사나 한번 해볼라요.

우리 할매가 서방이 벌어다 준 놈을 묵고 살아야 버릇을 잡는다고 없으면 굶고 암말 말고 가만 들어앉아 있으라고 펄쩍 뛰데. 헌디 어느 정도여야제. 또 굶을 판이여. 밥을 묵어야 나가 살아. 큰가이내 낳아놓고 딱 헌 리어커를 하나 샀어. 그놈 끌고 댕김서 배추 장사를 하니까 돈이 붙데. 애기들 퐁퐁 낳으면서도 죽으나 사나 끌고 댕겼어. 벌이가 솔찬해. 남편한테 자전거방을 하나 차려줬어. 이 사람이 속이 좋은께 사람들이 공으로 묵을라해. 빵구하나 떼워 주고 돈 안 받을라요 하면 어이 나중에 술 한 잔 묵세하고. 돈 대신 술을 받아 묵고는 항상 녹초가 돼 있어. 나가 늦도록 리어커를 끈께 애기들 좀 챙기시오. 입이 닳도록 말을 해도 소용이 없어. 노상 술이 떡이 돼서 애기들이랑 땅바닥에서 잠 들어 있어. 비 오기 전 땅 위로 올라온 지렁이 흙고물 묻어 있는 형상을 하고. 지렁이들이 땅속으로 돌아가려면 천공력을 발휘해서 땅바닥을 뚫으려고 발광이라도 해야 하는 거 아닌가이. 그래야 살 것인디 지렁이 늘어지대끼 그러고 있는 거여. 또 어떤 날은 완전히 흙밭에 호랭이 형상을 하고 있고. 사는 것이 수치스럽고 죽어분 아버지도 시집간 엄마도 원망스럽고… 아버지 흐컨 발 생각하면서 정신을 다듬었네.

요놈의 인간이 술로 살면서 툭하면 사람을 두들겨 패네. 오살나게도 맞았네. 그렇게 고약한 문덩이는 없을 거여. 그런 웬수가 없어. 술도 많이도 쏟아부렀어. 서른 초반에 복수가 차오르더라고. 병원에 간께 간암이라여. 다 때려치웠어. 그때부터 나가 팔 걷어붙이고 병수발만 했네. 좋다는 약은 다 구해다 먹이고 어쩌든지 살려볼라고 애를 썼어. 살드라고. 살고는 싶은가 좋아하는 술도 스스로 버리데. 죽은 뒤에 본께 집구석 온 사방 천지서 술이 나오기는 하등마. 그 문덩이를 만나 사는 것이 팍팍했제. 그래도 이, 처음에 이쁘게 본 그것이 컸던가 봐. 그게 인연인가 봐. 그 인간이 밉지는 않더라고. 술이 문제지 사람됨은 괜찮아. 그 사람이 처음부터 그렇게 요상한 사람은 아니었다 그래. 돈 좀 벌어보겠다고 월남 전쟁 가서 목숨 걸고 번 돈을 꼬박꼬박 부쳤는데 형수가 다 묵어불고 빈털터리가 됐는갑서. 고엽제로 평생 고생하고. 이 물건이 오래 살았어야 뭐라도 좀 타 묵었을 건디 한참 보상금 나올 때 죽어분 거여. 평생 술만 징글징글 하게 묵고 트라우만가 뭔가 그것을 애먼 나한테 다 풀고. 아갸 아갸, 그 사람도 참 더린 놈의 세상 살다 갔어. 짠해. 그래도 그 사람 마지막까지 잘 대우해서 보냈어. 마음은 편해.

　나가 병수발만 17년을 했어. 근께 가난해. 염병하고 남편 죽자마자 엄마가 나타난 거여. 바로 옆 마을에 살았는갑서. 오며 가며 우리 사는 꼴을 다 봤다여. 시집가서 내리 딸만 낳고 어찌 어렵게 아들 하나를 낳았다등마. 우리 할매 바람대로 집안 살림을 다 꿰 찼제. 울 엄마같이 독한 사람 없어. 나하고 산다고, 절대로 시집 안 간다고, 갈 때 그렇게 울고 간 사람이 자기 애기들 낳고 살면서 나를 잊어분 거여. 똥장군 밀고 댕긴 거부터 나가 힘들게 사는 것을 다 보면서도 세상에 쌀 한 대박을 안 준 거여. 비단 장사해서 돈을 긁어 쟁겼다등마. 할매가 미워서 그랬다그래. 곱게 키워서 좋은 데로 시집보낸다 해놓고 문딩이 같은 데로 보내놨다고. 할매라고 무슨 뾰족한 수 있간디. 나 때문에 작은엄마한테 구박 많이 받고 살았어. 쌀을 훔쳐서 스타킹에 담아 오징어처럼 새조개처럼 생긴 그것을 누구 눈에 띨까 봐 허리에 차고 치마 속에다 숨겨 재를 넘어 오네. 그것이 달랑달랑 헌께 사타구니가 터지고. 순전히 할매가 훔쳐다 준 쌀이랑 보리 먹고 살았어. 감쪽같이 외면하고 살던 엄마가 자기 영감 죽고 나한테 연락을 한 거여. 무서워서 못 살겠다는 거라. 엄마 집으로 갔어. 그때 들어가는 것이 아니었어. 사위 밉다고 애기들까지 천덕꾸러기 대접을 해. 그 많은 식구들 다 거천하면서 살았는디 일이란 일은 오살나게 시켜묵고는 누구 덕에 니그가 사느냐고, 악다구니를 퍼부어. 차라리 배추 장사를 했으면 떵떵거리고 살았을 거여.

강산이 한번하고도 그 절반이 변할 만큼 머슴을 살았는디 지그 딸들한테만 재산을 주드마. 니는 본가에 가서 니그 아버지 거 달라고 해라. 기가 차데. 엄마한테 그랬네. 나는 엄마 배 속에서 나오면서 가난을 달고 나왔네. 애기들한테 줄 것이 없어서 그것이 미안하제, 나는 괜찮네. 걱정하지 마소. 엄마가 풍에 떨어져 분 거여. 그놈의 병수발이 또 내 차지가 됐제. 엄마가 나를 낳을 때 3일 밤낮을 돌려갖고 무르팍이 다 까졌다데. 그 말이 가슴에 남아 있어서 나가 올 엄마 똥기저구 갈아주면서 그랬어. 엄마 나가 그 공 다 갚았네이. 엄마 죽고 나가 그 집 들어갈 때 11살이었던 의붓동생이 장가갈 때가 됐어. 어쨌든 나랑 엄마 피를 안 나눠 가졌는 가이. 그 동생 결혼까지 시키고 난께 내 머리가 백발이데. 그 동생이 땅을 좀 주드마. 나가 살아본께 다른 것은 몰라도 부모한테 잘한 것은 복을 받드라고.

5

아버지가 '그것'이냐니, 뭔 소리를 그리 한단가. 아버지는 아니란께. 할매가 '그것'을 근께 할매로 해서 먼 친척을 숨겨줘서 그렇게 됐단께. 나가 이때까지 한 소리를 뻘로 들었구만이. 아이고 누가 들을까 겁나네, 선생님 목소리 좀 낮추시오. 아버지는 아무것도 몰랐제이. 근께 엄마한테 나 죄 없다 글고 갔제. 그날 엄마가 냇물에서 빨래를 하고 있었다네. 11월인께 추웠제이. 냇가에 얼음이 얼어 쩍쩍 찢어지는 소리가 나고, 손 씻고 문고리를 잡으면 떡떡 들어엉겨 버렸단께. 아버지가 거름을 내고 오다가 엄마를 보고는 곁으로 와서 섰는갑서. 지게를 내려 발대로 받치는디 마을 이장이 확성기로 마을 사람들 다 나오라고, 특히 젊은 남자들은 한 사람도 빠지지 말고 마을 논 앞으로 나오라고 한 거여. 엄마가 왜 젊은 남자들을 다 나오라고 근다요 한께 아버지가 아이고 요 냇물이 앞으로 피바다가 될 거네. 춥네, 손 시런께 얼른 들어가소, 나 죄 없은께 괜찮을 거네 하더래. 아버지가 빨래한 김에 같이 빨아라 하면서 양말을 벗어줬는 갑서. 아버지의 때 낀 시커먼 발이 쩍쩍 터져서 피가 나 있드라여. 맨발로 보냈다고 엄마가 항시 애닳아했어.

아버지 죽고 우리 집을 '그것' 집안이라느니 '그것' 소굴이라느니 수군대던 사람들도 있었제. 시국을 잘못 만나서 죄 없는 내 아들이 억울하게 죽었네에. 할매가 밤마다 막걸리 한 사발 둘러 마시고 확성기처럼 외쳐댄께 고개를 갸웃갸웃 하던 사람들이 할매 말이 맞는갑다 헌 거여. 할매가 원체 여우맹킨께 감쪽같이 마을 사람들을 속여분 거제. 근디이 어디 듣는 사람 없제이, 이왕 말이 나왔은께 하는 말인디 나가 무서워서 지금까지 입 뻥긋도 못했지만 빨갱이, 아이고 무섭네. 어디 듣는 사람 없제이 '그것' 숨겨준 것이 죈디… 다른 집들은 밥만 줘도 죽이고 불 지르고 그랬단디 우리는 할매가 수차례 고문을 당하고 나와서 무엇보다도 확성기처럼 억울하다고 외쳐서 살아남았제. 말이란 게 그렇게 무섭데. 참말로 우리 집은 할매 말대로 억울하게 당했제 그런 집안 아니여. 요건 참말로 비밀인디이 60, 70년 경에 한참 외국 바람 안 불었다고. 그때 남편도 돈 좀 벌어보겠다고 사우디를 갈란다고 했어. 근디 경찰서에서 신원조회 받을 때 빨간 줄이 있었는갑서. 말하자면 연좌제에 걸렸어. 술 마시고 나를 두들겨 팬 이유가 그 거여. 생전 보지도 못한 장인에게서 발목 잡혔다 그거제. 묵고 사느라고 그런 말이 귀에 들어오지도 않았어. 우리 집이나 작은집이나 어디 관공서라든가 회사에 취직이라도 할 애기들이 있었으면 모를까 다 무지렁뱅이로 그날그날 묵고살기 바빴은께 알아볼 생각도 못 하고.

괜찮다고? '그것'이라고 하지 말고 빨갱이든 뭐든 하고 싶은 대로 말해도 된다고? 아이고 선생님 눈치채부렀소. 진짜 산사람. 근께 반란군, 그게 한마디로 빨갱이제. 이 마당에 뭘 감추겠소. 그 사람이 아버지랑 한패였던 거제. 할매가 먼 친척을 숨겨줘서 자기 땜시 애먼 아들이 죽었다고 외친 덕에 어찌 마을에서 빨갱이라는 의심은 피했지만 어린 날은 혹시라도 니그 아버지 빨갱이였제 이 말을 들을까 봐 항상 새가슴이었제.

울 아버지가 빨갱이였다는 말이 나와버릴 것 같아서 입도 뻥긋 못 하겠드란 말이여. 할당된 그 십 분이 나에게는 천년만년 같았소. 미안하요 참말로. 선생님은 아군인께 말해도 되제이. 요런 사연은 나하고 우리 할매만 아는 거여. 할매가 무덤까지 가져가야 할 비밀이라 글데. 나가 입을 호라매고 살았는디, 말을 해불 거 같드란 말이시. 할매는 죽는 날까지 그것을 지켰는디 요렇게 의리도 없이 선생님 앞에서 주둥이를 놀려부네.

나가 어떻게 살았겄는가. 상처로 허파로 만들었제. 가진 것이 상처밖에 없어서 숨을 쉴 수가 없는데 어쩔 것인가. 숨을 쉬어야 살지. 잔인하게 짓이겨놓은 그 처참한 얼굴과 시커멓게 때 끼고 굳은살 터져 쩍쩍 벌어진 틈 사이로 피 줄줄 흐른 그 발…

그것이 진실이여. 나는 그 참혹한 진실 대신 거적때기 밖에 드러난 백설기같이 흐컨 발, 그 헛것을 가슴에 품었네. 어린 것이 살라고 그랬제. 울 할매가 빨갱이질한 아들을 시국 잘못 만나 죽었다, 억울하다 하고 외친 것도 그런 거 아니었겄나. 하도 요상한 세상인께 남은 가족 목숨 지켜내려는 몸부림 말이여. 잘못도 없는 산목숨들 댕강댕강 잘라버리는 세상에서 목숨 지켜내려고…. 그 할매도 보냈네, 나가. 하네도 엄마도 남편도 작은엄마까지. 작은아버지만 남았는데 나를 못 알아 봐. 나도 갈 날이 멀지 않았어.

내 삶이 굽이굽이 원천강이고 서천 꽃밭이었네. 하지만 그것도 꽃밭 아닌가. 살만 했제. 평생을 죽은 아버지하고 살았어. 과거 과거 해싼디 그 흐컨 발은 과거가 아니여. 뭉개진 얼굴이랑 같이 평생 눈에 박혀 있는디 어째서 그것이 과거란가. 노상 아버지의 그 흐컨 발이 나에게 말을 걸어. 나 여기 있다 허면서.

계간 『문학저널』 2021 여름호

알락뜸부기

어린 새, 울다

저노므 가시내, 저거, 저, 저 울음소리 좀 어찌해 보란 말시.

신작로에서 막 집 어귀로 접어들었을 때였다. 자지러지는 동생의 울음소리와 분노에 찬 외할아버지의 목소리가 귀에 와 박혔다.

저거, 저거, 콱, 멱을 따버리란 말이여.

외할아버지의 고함이 커질수록 동생도 더 크게 울어댔다. 때마침 매미들까지 일제히 울어 젖혔다. 감나무 잎이 모조리 찢어지는 듯했다. 미원은 동생과 매미 울음소리 속에서 행여 외할아버지의 말을 놓칠세라 두 귀를 바짝 세웠다.

용수철로 만든 인형의 목처럼 연신 까딱까딱 체머리를 흔들고 있을 외할아버지가 떠올랐다. 가슴이 덜컥 내려앉았다. 그동안 동생의 울음을 막기 위해 쏟은 노력이 허사로 돌아간 게 틀림없었다. 미원은 화를 누그러뜨리며 한달음에 집 앞까지 왔으나 선뜻 들어서지 못하고 머뭇거렸다. 갑자기 들이닥치면 외할아버지가 당황할 것 같아서였다.

외할아버지는 툭하면 화를 냈다. 외할머니 표현대로 말도 뽄당머리 없이 해 듣는 사람의 심사를 건드렸다. 그것도 모자라 성에 차지 않으면 한마디를 더 얹어 기어이 상처를 입혔다. 손톱 끝으로 살점을 잡아 한 바퀴 빙 돌린 다음 한 번 더 뜯어내듯이 야비했다. 이상한 것은 미원에게만큼은 너그러웠다. 뽄당머리 없이 말하지도 않고 미원 앞에서 동생을 혼내지도 않았다. 미원은 그런 외할아버지의 체면을 지켜주려고 입술을 꾹 깨물었다. 슬며시 안을 들여다보았다.

마당 한쪽에 철퍼덕 주저앉은 동생이 눈물과 콧물과 땀으로 뒤범벅된 채 소리를 질러대고 있었다.

이노므 가시내, 내, 멱을 따버리고 말 것이구마.

외할아버지가 씩씩거렸다. 러닝셔츠 아래로 드러난 검고 앙상한 팔을 휘적휘적 저으며 창고로 향했다. 멱을 따고 말 것이라는 말이 무색할 정도였다. 양철문 위에 빨간색 페인트로 쓰인 '창고'라는 글자가 마치 머리칼을 풀어헤친 귀신 입에서 흐르는 핏물 같았다.

내 이것을 그냥, 오늘 기어코….

외할아버지가 쇠스랑을 끌고 나왔다. 체머리를 까딱거리며 얼굴이 벌겋게 달아오른 채였다.

고꾸라져 버려!

누군가 소리쳤다.

미원은 흠칫 놀랐다.

죽어! 죽어버리라고!

순간 외할아버지가 비척거렸다. 쇠스랑을 발견한 동생이 벌떡 일어섰다. 얼굴이 푸르스름하게 변한 채 폴짝폴짝 뛰면서 괴이한 소리를 냈다. 새소리 같았다.

외할아버지가 쇠스랑을 의지하고 동생 앞에 섰을 때였다. 꺽, 하는 소리와 함께 동생이 뒤로 나가떨어졌다.

아이고, 이 영감태기. 이것이 무슨 짓이라요. 망령 든 것도 아니고.

마당으로 들어선 외할머니가 치마에 가득 담긴 고추를 와상 위에 부려놓고 잰걸음으로 다가가 외할아버지 손에서 쇠스랑을 홱 낚아챘다.

하이고, 이 할마씨 사람 잡겄네.

외할아버지가 휘청하더니 가까스로 섰다.

외할머니가 치마를 걷어 올리고 시종 흘러내리는 얼굴의 땀을 훔쳤다. 흘러든 땀방울 때문인지 눈을 제대로 뜨지 못하고 한참을 끔벅거렸다. 검은색과 흰색이 반반인 머리칼을 똬리 틀어서 비녀를 꽂은 외할머니는 단아하고 강단져 보였다. 문득 엄마의 얼굴이 스쳤다. 희고 고운 살결, 작은 얼굴에 오목조목 들어찬 눈 코 입이 외할머니와 닮은 엄마.

할머니.

미원은 이제 막 도착한 것처럼 헉헉거렸다. 책보자기를 벗어 마루에 놓고 와상으로 갔다. 벌레에 파 먹힌 고추를 골라냈다. 쓰러져 잠든 동생을 못 본 척 외면했다. 외할아버지가 이쪽을 흘끔 바라보고는 연신 헛기침을 해댔다.

미원은 외할아버지가 자기를 어려워한다는 것을 알았다. 자기의 악마가 부린 술수에 걸려든 탓이었다. 악마는 외할아버지가 조금 전에 보였던 것처럼 겉과 속이 다른 행동을 보고도 모른 척 입을 다물었다. 모습을 드러내지 않고도 교묘하게 위용을 떨쳐서, 자기 앞에만 서면 외할아버지든 선생님들이든 안절부절못했다.

정자 앞을 지나갈 때면 마을 사람들이 수군대는 소리가 들리곤 하였다.

쬐깐한 것이 야물어. 지그 엄마가 그 시절에 공부 좀 했제. 쟈도 1등이라등마. 지그 어매가 집을 나가고 없어도 눈 하나 까딱 안 해.

그것이 야문 거여? 독한 거제. 생긴 것이 꼭 지 어매 판박이여. 오목조목한 것도.

아따 예의도 있고 부지런하고 그만하면 됐제.

야무지고 예의 바르고 부지런한 자기 모습이 악마의 술수임을 마을 사람들은 눈치채지 못했다. 당신 딸에 대한 원망을 외손주에게 쏟아내느라 쇠스랑을 들면서도 외할아버지가 불편한 마음을 드러내지 못하는 것은 분명 자기 안에 사는 악마를 모르기 때문일 거였다. 미원은 사람들의 칭찬이 견디기 힘들었다. 슬펐다. 칭찬 속에는 항상 동정이 함께 들어 있었다. 자식을 두고 떠돌아다니는 엄마와 불행한 처지에 놓인 외할아버지, 외할머니에 대한 조롱도 섞여 있었다. 칭찬을 들을 때마다 미원은 엄마에 대한 미움이 솟구쳤다.

해 있을 때 밥 먹게 해. 밤늦도록 딸그락대지 말고.

외할머니가 말했다. 해거름판의 서늘한 때를 이용하여 강 건너 산 아래 다랭이밭에 다녀올 모양이었다. 외할아버지는 이미 대문을 나서고 있었다.

미원은 동생을 흘끔 바라보며 마루로 갔다. 마른걸레를 집어 들어 휘휘 마룻바닥을 휘젓자 가라앉은 먼지들이 튕겨 빛 속으로 날아올랐다. 미처 날리지 못한 먼지들을 휘저으며 시종 동생을 쫓았다. 아랫도리가 벗겨진 채였다. 또 오줌을 쌌을 것이다. 흙이 뒤범벅된 축축한 옷을 벗기며 등짝을 후려치는 외할머니의 모습이 스쳤다. 미원은 걸레를 휘둘러 마루에 앉은 먼지들을 마저 날렸다.

외할머니는 좀체 자리를 뜨지 않았다. 평상 위의 고추를 되작거리다 상추와 깻잎이 든 바구니를 쏟아 하나하나 골라내기 시작했다.

상추는 겉절이하고 깻잎은 양념장 만들어서 골고루 잘 배게 하고.

외할머니가 다시 말했다.

미원은 안 입술을 잘근잘근 씹으며 동생을 쏘아보았다.

마루 훔쳤으니까 닦고, 마당도 쓸고, 빨래도 하고, 저녁상도 일찍 볼게요.

불만을 꾹꾹 누르며 미원은 단정하게 말했다. 마침내 외할머니가 대문 쪽으로 걸음을 뗐다. 마당가를 빙 둘러선 오래된 감나무들이 가지를 내뻗고, 거기에 매달린 무성한 잎들이 얼키설키 뒤얽혀 마당에 짙은 그늘을 드리웠다.

대문까지 한달음이면 닿을 것이 외할머니의 걸음으로는 한나절이나 걸리는 듯했다. 미원은 동생과 굼뜨게 걸어가는 외할머니를 번갈아 바라보았다.

외할머니가 대문을 빠져나갔다. 몇 번이나 담장을 돌며 신작로를 확인했다. 지구가 몇 바퀴 돈 것 같았다. 할머니가 신작로 가운데서 열기에 휩싸여 가물거릴 때에야 죄었던 가슴을 펴며 깊은 숨을 내쉬었다.

동생 앞에 섰다. 짓이겨버리자 다졌던 마음이 흔들리기 시작했다. 강아지 그려진 빨간색 상의가 또르르 배 위로 말려 훤히 드러난 배가 숨을 쉴 때마다 복어처럼 볼록거렸다. 여러 날을 입은 탓에 턱 아래로는 흘러내린 침과 음식물이 얼룩져 곰팡이가 슬어 있었다.

동생은 꿈을 꾸는 듯했다. 꿈속에서도 우는 모양으로 눈꼬리에 눈물이 맺혔다. 미원은 쭈그려 앉아 손가락 끝으로 눌러 닦아 주었다.

어떻게 네 울음을 멈추게 하지. 너와 내 목숨이 달려 있는데… 제발 그만 울어.

미원은 간절하게 속삭였다.

그날 새벽 미원은 외할머니와 외할아버지의 두런거리는 소리에 잠을 깼다.

…그래서 하는 말인디 저것들을 어디든 내다 맡깁시다.

외할아버지의 말에 미원은 번뜩 눈을 떴다. 잠이 한달음에 달아났다.

어디든 맡겨서 지그들 살 방도를 마련해 주자고. 작은놈 울음소리도 몸서리나고… 지그 엄씨 울음소리가 떠올라 사지가 떨려.

저놈은 동생을, 지그 엄씨란 엄마를 말하는 것이었다. 엄마의 울음소리라니. 미원은 궁금했다. 엄마가 사라진 뒤로 동생의 울음소리에 대한 외할아버지의 불만은 날로 커졌으나 외할머니에 의해 묵살되어 왔다.

울음소리 좀 듣는 것이 대수요? 떠돌아다닌들 어쩔 것이요. 그렇게라도 해야 살지. 그때 지그 엄씨 나이 고작 18살이었소.

그 일을 혼자 겪은 거여? 그런께 애당초 뭐든다고 나 댕겨. 말만한 계집이. 저 하나로 끝났을 일이여. 살아나와서 애먼 사람 잡지 않고.

천벌 받을 소리 작작하시오. 그것이 마실 때문에 생긴 일이요?

외할아버지는 침묵하였다.

미원은 외할아버지가 자신과 동생을 내보내려 하면서, 외할머니가 늘상 말하는 사람으로서 지켜야 할 도리와 그것을 무시하려는 악마 사이에서 괴로워하는 것이라고 생각했다. 도리를 지키는 것은 어렵고 악마를 따르는 일은 달콤하다. 엄마에게 무슨 일이 있었던 것일까. 엄마는 왜 밖으로 떠도는가. 애먼 사람을 잡았다는 말은 무슨 소린가. 미원은 고개를 저었다. 중요한 것은 동생을 지키는 일이었다. 엄마가 돌아오기 전에 이 집에서 쫓겨날지도 모른다. 문제는 동생의 울음소리였다.

미원은 어디인지 알지 못한 채 엄마가 이끄는 대로 따라다니며 살았다. 배 타고 버스 타고 수십 리를 걸어 외갓집으로 왔다. 얼마 지나지 않아 엄마는 동생을 낳다가 의식을 잃었다. 외할머니는 동생을 비료 푸대에 둘둘 말아 윗목에 밀어두었다. 외할머니가 뒷일을 수습하는 사이 동생은 끊임없이 울었다.

그년 명줄 한번 질기네.

외할머니가 동생을 죽 끌어당겨 이미 식어버린 대야의 물에 담가 씻겼다. 엄마가 의식을 회복하기까지는 여러 날이 걸렸다. 동생은 밤낮으로 울어댔다. 외할머니가 입을 틀어막고 이불 속에 파묻기도 했으나 울음을 멈추지 않았다. 엄마의 젖 대신 외할머니는 가마솥에 사기그릇을 넣어 밥이 끓어오를 때 넘긴 밥물을 먹이기도 하고 입에 찬물을 넣어 주기도 했다. 그때마다 동생은 힘차게 숟가락을 빨아 당겼다.

미원은 책에서 읽은 적이 있는 처녀 얼굴을 하고 발톱이 긴 새 한 마리를 떠올렸다. 그 새는 늘 굶주려 있어 얼굴이 시퍼렜다. 죄지은 사람을 벌하기 위해 신이 보낸 새였다. 신은 죄지은 사람의 시력을 빼앗고, 앞에 먹을 것을 놓아두고, 그 새한테 빼앗아 먹도록 했다. 미원은 동생이 가족 가운데서 죄를 지은 누군가를 대신해 벌을 받고 있다고 생각했다. 찬물마저도 쪽쪽 빨아 당기는 동생은 신이 보낸 새에게서 먹이를 빼앗기지 않으려고 죽자사자 매달리는 것처럼 보였다. 태어나자마자 죽음으로 내몰렸던 동생으로서는 그것만이 자기 목숨을 지키는 방법인지도 몰랐다.

그날 새벽 미원과 동생을 내보내자는 외할아버지의 말에 외할머니는 사람 된 도리로 눈 감는 날까지 거둘 것이니 죄받을 소리 작작하라고 쐐기를 박았다. 미원은 외할머니의 단호한 말에 마음이 놓였다. 엄마가 올 때까지 동생의 울음소리를 막는 것만이 내쳐지지 않고 살길이라고 생각했었다.

미원은 땅바닥에서 잠들어 있는 동생을 바라보았다. 깊은 곳에 똬리를 틀고 있던 악마가 서서히 몸을 뒤틀며 고개를 추켜세우기 시작했다. 마침내 악마는 동생의 머리채를 휘어잡아 시멘트 바닥에 내리찍었다. 동생이 번쩍 눈을 떠 희멀건한 눈동자를 이리저리

굴렸다. 악마가 손아귀에 바짝 힘을 실어 머리통을 그러쥐고 다시 내리찍었다. 동생이 날카롭게 소리를 질렀다. 소리가 사방의 정적을 깨고 뇌를 관통했다. 미원은 곤두선 팔뚝의 털을 쓸었다.

언니가 울지 말랬지.

동생이 비명을 질렀다. 오동통한 손으로 연신 머리를 문질러대며 발악하듯 울어대는 동생을 미원은 우악스럽게 끌어당겼다.

언니가 울지 말라고 했잖아.

미원의 입에서 앙칼진 소리가 새어나왔다. 동생의 울음소리 못지않은 소리였다. 사위가 술렁거리기 시작했다.

울 지 말 라 고 했 잖 아

소리들이 메아리가 되어 떠다녔다. 미원은 숨을 죽인 채 주위를 휘 둘러보았다. 악마는 위세를 당당히 떨치며 활보하기 시작했다. 동생이 미원의 손아귀에서 빠져나오기 위해 버둥거렸다. 질러대는 소리에서 쩌렁쩌렁 쇳소리가 났다. 한 손으로 입을 틀어막고 다른 손으로는 뒤로 버팅기는 동생을 붙들었지만 어찌나 완강하던지 매달린 꼴이 되었다. 미원은 결국 버티지 못하고 주저앉고 말았다.

미원은 동생이 울음을 멈추기를 기다렸다. 점차 울음소리를 낮추며 언니임을 확인한 동생이 자기 품으로 와락 달려들었다. 미원은 동생을 밀어냈다. 뒤로 나가떨어진 동생이 다시 울음을 터뜨렸다. 저 울음소리를 없애야 이 집에서 살아남는다. 그 새벽 이후 외할아버지는 잠잠했다. 여전히 울어대며 게걸스레 먹어대는 동생을 흘깃거릴 따름이었다. 미원은 그런 외할아버지의 태도가 더 위협적으로 느껴졌다. 그런데 오늘 외할아버지가 동생에게 쇠스랑을 들었다. 자기가 없는 사이에 동생을 계속 위협해왔던 것이 분명했다. 불현듯 어떤 장면 하나가 떠올랐다.

어제 마을 이장네에서 돼지를 잡았다. 해 질 녘이었다. 미원은 식구들이 저녁을 먹는 사이 동생을 업고 집 밖으로 나왔다. 미원은 매번 밥상을 향해 돌진하는 동생 때문에 식구들이 상을 물리기를 기다렸다가 따로 먹었다. 딸이 서울에서 식모살이하면서 꼬박꼬박 보내준 돈으로 송아지를 산 이장이 한턱 내는 것이라고 했다. 돼지를 잡느라 왁자한 사람들 틈을 헤치고 들어섰을 때 돼지의 목에서 시뻘건 피가 솟구쳤다. 지켜보던 아이들이 꽥꽥 소리를 지르며 손을 맞잡고 빙빙 맴을 돌기 시작했다. 등에 업혀 있던 동생이 바닥으로 떨어진 것은 그때였다. 미처 잡을 틈도 없이 뒤로 벌렁 넘어간 동생은 나자빠진 채 거품을 게워 냈다.

미원은 외할아버지가 놓아둔 쥐덫이 떠올랐다. 매달리는 동생을 떼어내고 몸을 돌려 뒤꼍으로 달려갔다. 이내 돌아온 미원의 손에 움켜쥐어져 있는 것은 쥐였다. 온몸의 털을 쭈뼛 세우고 눈을 치뜬 채 눈알을 한 곳에 정지시킨 쥐의 눈빛은 강렬했다. 마치 자기의 눈빛을 보는 것 같았다. 살아 있는 모든 것들은 위험에 몰릴 때 죽음을 가장하여 위협에 대응한다. 온 힘을 쏟아 죽음을 위장함으로써 살아남는 것이다.

　언젠가 햇볕이 쨍쨍 내리쬐던 날 신작로 한가운데에서 힘겹게 길을 가는 개구리 한 마리를 만났다. 길 아래 둠벙에서 나온 듯했다. 미원은 그곳으로 넣어 주어야겠다는 생각에 개구리 곁으로 다가갔다. 그러자 기어가던 개구리가 동작을 멈추고 납작 엎드렸다. 미원은 쪼그려 앉아 그것을 지켜보았다. 그때 자기 안에 있던 악마가 슬그머니 밖으로 나왔다. 주변을 두리번거렸다. 작대기를 찾아들고 개구리를 툭툭 건드렸다. 개구리는 꼼짝도 하지 않았다. 미원은 땀을 뻘뻘 흘리며 동작을 멈추고 죽은 시늉을 하는 개구리와 개구리를 움직이게 하려는 악마의 대치를 지켜보았다. 볕이 따가웠다. 미원은 일어섰다. 발길을 돌리자 악마도 포기하고 안으로 들어왔다. 몇 걸음을 걸어 나와 뒤돌아보았을 때였다. 개구리가 신작로를 기어가고 있었다.

　개구리뿐만이 아니었다. 식물이나 곤충, 동물, 모든 살아 있는 것들은 위협을 느끼는 순간 숨쉬기를 멈추고 죽은 시늉을 한다. 살아남기 위해 자기도 모르게 나오는 행동이다. 지금 자기 손아귀에 있는 쥐도 마찬가지였다. 긴장감을 놓지 않고 있다가 여차하면 덤벼들 것임을 감지했다. 미원은 자신의 다른 손에 쥐어진 칼을 내려다보았다. 투박스러운 부엌칼이었다.

　너는 어려서 언니 말귀를 못 알아듣잖아. 여기서 쫓겨나면 우린 끝이야.

잔뜩 겁에 질린 동생이 지지러지게 울었다. 손아귀 안에서 쥐가 꿈틀댔다. 동생의 울음소리와 함께 자극해왔다. 미원은 옆으로 고개를 돌리며 두 눈을 질끈 감았다. 칼자루를 쥐고 있는 손으로 단박에 쥐의 머리를 내리쳤다. 자지러지던 동생이 울음을 뚝 멎었다. 손목을 타고 미지근한 핏줄기가 흘러내렸다. 심장과 사위가 동시에 죄어들었다. 미원은 정적을 견디지 못하고 눈을 떴다. 손에서 칼자루와 쥐가 동시에 떨어졌다. 쥐는 미동조차 없었다. 그 옆으로 손바닥 넓이만큼의 피가 괴어 있었다. 동생의 눈동자가 한쪽으로 몰렸다. 입꼬리가 위로 당겨 올라가며 입에서 거품을 게워 냈다. 금방이라도 숨이 멎을 듯했다. 미원은 냅다 마당을 가로질러 우물로 달려갔다. 바가지 가득 물을 퍼왔다. 물을 머금어 동생의 얼굴에 내뿜었다. 반듯하게 누인 후 뒤틀린 얼굴과 팔다리, 손발을 주물렀다. 입에선 알 수 없는 말이 거미줄처럼 흘러나오고 손이 떨렸다. 점차 동생의 얼굴에 화색이 돌아왔다. 숨소리가 새어나왔다. 미원은 땀으로 흠뻑 젖었다. 부들부들 떨었다. 흐느껴 울었다.

미안해.

미원은 엄마가 반드시 돌아올 것이라고 믿었다. 외할머니 말대로 귀신에 씌었건 어쨌건 그 어떤 이유로든 자신과 동생을 버리진 않을 것이다.

언젠가 엄마는 집에 왔었다. 한밤중이었다. 누군가의 귀띔을 받고 허둥지둥 나갔던 외할머니가 얼마 지나지 않아 엄마와 함께 동생과 미원이 잠들어 있는 방으로 들어왔었다.

미원은 재빨리 엄마를 훔쳐보았다. 한낮에는 무더위가 기승을 부렸지만 밤이면 한기가 느껴졌다. 미원은 까슬한 모시 이불을 끌어올려 잠든 동생에게 덮어주고 자기는 끝자락을 움켜잡아 눈 아래까지 올렸다. 위채의 외할아버지를 의식한 것인지 외할머니가 문을 닫았다. 반으로 나누어 아래로는 모기장을 붙이고, 위로는 창호지를 바른 문이었다. 창호지 위로 달빛이 머물러 있었다. 감나무 잎사귀가 이따금 너울거렸다. 엄마는 집을 나갈 때 입었던 반팔의 흰 스웨터와 월남치마 차림에 흰 천으로 질끈 머리를 묶은 그대로였다.

새끼들 좀 들여다봐라. 매정하기가 어찌 그리 오뉴월의 서리 같냐.

엄마가 슬쩍 동생과 미원 쪽을 바라보았다. 하얀 이마, 속 쌍꺼풀 진 눈, 낮고 날카로운, 예쁜 콧날과 도톰한 입술. 하마터면 미원은 엄마, 하고 일어나 그 품 안으로 파고들 뻔했다. 엄마의 눈길이 이내 문 쪽으로 향했다.

그 눈들…. 내 몸뚱어리에 엉겨 붙어 평생 나를 지켜보고 있었어요. 이 몸뚱이가 부끄러워 지금도 갈가리 찢고 싶소.

다 잊어라. 그럴 때도 되었다. 새끼들만 생각해. 어린 것들이 무슨 죄냐.

할머니가 애원하듯 말했다.

어떻게 잊는다요. 잊고 싶다 해서 잊히는 것도 아니고.

조용하고 나긋하게 말을 이어가던 엄마가 격양되어 목소리를 높였다.

다 하늘의 뜻이다. 외순이와 금자가 그렇게 된 것도 니가 살아 돌아온 것도. 부끄러울 것도 미안할 것도 없다. 그쯤 해둬라.

엄니 말대로 잊기 위해 평생을 몸부림쳤소. 산으로 끌려가 산사람들에게서 당한 수모, 목숨 걸고 도망 나온 우리에게 총부리 들이댄 군인들, 동무들이 죽는 모습을 두엄자리에 숨어서 지켜본 일, 혼자 살아나와 사람들에게서 받은 따가운 눈초리, 무엇보다도 혼자 살아나왔다는 자책감…. 행여 기억에서 사라질까, 잊지 않기 위해 몸부림쳤소. 그러다 또 기억에서 지워버리기 위해, 잊기 위해 발버둥치고. 살아 돌아온 이후 내가 한 일은 그것이 전부인 갑소. 다 토해내고 깨끗이 잊어버리라는데 그것이 새끼들과 내가 살 길이라는데… 말을 하는 것은 그 일을 기억하는 것이고, 그것은 다시 그 고통을 겪는 것이고. 엄니, 나는 못 허요, 절대 못 허요.

모질게 마음먹고 눈 한번 질끈 감아라. 한번은 겪어야 할 일이다.

옷에 박힌 나락가시 뽑듯 하면 될랑가. 금자와 외순이가 어떻게 죽었는가. 세상 사람들에게 알려 그 한을 풀어주어야 하는데.

내가 살아 돌아왔을 때 마을 사람들은 나 땜시 산사람들이나 군인
들이 들이닥쳐 해꼬지나 하지 않을까 면전에서 외면하고 또 박대
했소.

그때 문이 열리고 외할아버지가 들어왔다. 외할아버지는 여러
말 할 것도 없이 당장 새끼들 데리고 나가라고 소리 질렀다. 다
짜고짜로 과년한 처자들이 그때 집에 조신하게 박혀 있었으면 그
런 일도 없었다고 쏘아붙였다. 죽든 살든 같이했어야지, 어쩌자
고 혼자 살아 돌아와 평생 경찰들이 집 주위를 어슬렁거리며 감시
하게 만들고, 지금까지도 오라비 앞길을 막는 것이냐며 비아냥댔
다. 힘들게 살았던 건 너만은 아니다, 모두가 살길이라 생각해서
어디든 가서 살아라, 하고 니그 오빠 몫으로 남겨둔 땅 헐값으로
넘겨 손에 쥐여주었으면 납작 엎드려 살 일이지, 새끼들까지 달고
나타나 왜 천지를 들쑤시고 다니느냐고 고함쳤다.

저놈들 봐서라도 조용히 살아야 할 것 아니냔 말이여. 세월이
흘러 그때보다 나아졌다고는 해도 지금 이 유신 시절도 숨 못 쉬
는 건 마찬가지여. 니 오라비 꿈 다 접고 어찌어찌 읍사무소라도
다니는디, 그것도 시뻘건 줄 그어져 빨갱이 가족이라 해서 입도
뻥긋 못 한다. 연좌제라 해서 1년 댕기고 다시 댕기려면 지 월급
으로는 택도 없어서 농자금 대출받아 갖다 바치고. 1년은 어찌 그
리 빨리 돌아오는지 해마다 돈 갖다 바치는 것도 몸서리가 나. 근
디 또 누굴 잡을라고….

아버지. 꿈을 접은 게 오빠만이요? 나 그렇게 되고 할머니만 저세상 가지 않았어도 나도 선생질하며 살 수 있었소. 아버지. 우리가 산사람들에게 잡혀간 것이 행실 문제라는 말이요? 어떻게 그런 말을 한다요. 그 밤에 그들이 집 안 구석구석을 뒤져 식량거리를 찾아 짊어지고 갈 사람이 누구냐며 총부리 들이댔을 때 오빠 구들장에 숨겨놓고 내 등 떠밀어 사립문 나서게 했던 사람이 아버지요. 총 들이대면서 안 따라나서면 느그 오빠, 느그 부모 다 총살헌다, 안 협디요. 그때 어매 아버지는 오빠 살릴 생각에 나는 안중에도 없었소. 외순이도 금자도 그렇게 끌려 왔답디다. 밥하고 빨래하고… 말 못 허요. 그 수모와 치욕의 날들. 아침에 눈을 뜨면 여자들이 하나, 둘씩 죽어 있었소. 이러나저러나 죽을 목숨, 오직 서로의 눈짓에 의존해 탈출을 시도했소.

엄마와 친구들은 죽고 싶지 않아서 탈출했다. 산에서 도망 나와 들판에서 군인 둘을 만났을 때 엄마와 친구들은 크게 안도하면서 살려달라고 호소했다. 하지만 그들은 산속 군인들의 적이었다. 엄마는 군인 둘이 친구들에게 위협을 가하는 사이 한 걸음 한 걸음 뒷걸음질 쳐 소가 묶인 두엄자리 속으로 파고들었다. 그 위를 소가 납작 엎드렸다. 탕탕 두 방의 총소리가 울렸다. 그제야 그들은 엄마가 사라진 것을 알아차렸다.

분명 여기 들어 있을 건데.

군인들은 군화로 엄마가 숨어 있는 두엄자리를 자근자근 밟으며 총부리로 콕콕 쑤셨다. 그때 트럭 한 대가 도착했다. 어디선가 실려 온 뒤로 손이 묶인 건장한 남자들이 논바닥에 부려지고 줄줄이 세워졌다. 총성이 울리고, 고꾸라지고, 구덩이가 파이고, 그 안으로 시신들이 차곡차곡 쌓여 흙이 덮이기까지는 그야말로 순식간이었다. 엄마는 밤이 오기를 기다렸다가 논바닥을 기어 총을 쏜 자리에 널브러져 있는 두 친구의 시신을 찾았다. 손으로 구덩이를 파서 묻었다.

살아 돌아온 것이 죄였소. 엄니 아버지조차 눈길 한 번 주지 않았소.

사람들은 엄마와 친구들이 산에 끌려갔을 때 남자들 틈바구니에서 어떻게 살았는지, 또 끌려간 세 여자 중에서 두 여자가 죽고 그 가운데서 한 여자가 어떻게 운 좋게 살아 돌아올 수 있었는지 물었다. 그러나 그들은 미리 벽을 치면서 어떤 말을 해도 믿지 않았다. 엄마는 자신이 겪은 일들은 이 세상에서는 경험할 수 없는 일이었다고 말했다. 금자는 미모가 출중했는디 얼굴값을 한 거여. 사람들은 그런 것에 호기심을 가졌고 그것이 충족되기를 원했다. 그들은 멋대로 상상했다. 그런 사람들 앞에서 엄마는 말을 할 수 없었다. 엄마는 오직 꿈속에서 이야기했고, 끊임없이 울었다. 잠에서 깨면 베개가 흥건했다.

아버지 말대로 혼자 살아 돌아온 죄인이요. 금자와 외순이 시신 있는 곳을 말해주러 갔더니 발도 못 들이게 합디다.

그때는 시신이 있는 곳을 안다고 해도 끄집어 내올 수나 있었더냐. 무조건 빨갱이로 몰아 총살해버렸으니까. 금자는 그래도 지그 어매가 새벽에 가서 시신 꺼내와 선산 끝자락에라도 묻어줬다등마. 짝도 맺어주고. 외순이가 짠허제, 끝까지 집에서 외면했으니까.

제가 땅곡재에 묻었어요. 밤이라 어디인지 분간도 못하고 재끄트머리에 묻고 막대기 하나 꽂아두고 왔는데 다음 날 등 떠밀려 고향을 떴소. 다시 돌아와 보니 공동묘지가 돼 있고….

엄마는 죽은 친구들을 잊지 않기 위해, 더 정확하게는 친구들이 죽어간 그 순간을 기억하기 위해 발버둥쳤다. 친구들의 억울한 죽음을 세상에 알려야 한다는 생각에서였다. 엄마는 그날을 기억하고 말해야 하는 일이 얼마나 큰 고통인지 알지 못했다. 고통에서 벗어나기 위해 몸부림쳤으나 다 허사였다고 했다.

사람에게는 정신이 있고 몸뚱이가 있소. 감당할 수 없을 것 같았던 그 일도 죽자사자 버티자 잊히는 것도 같았소. 문제는 그것을 정신만 겪는 것이 아니라는 것이요. 몸뚱이는 참말로 비상헙디다. 내 의지와 상관없이 그때 그 일을 옴싹 기억합디다.

엄마는 몸이 기억하고 있어서 그때 일을 털어낼 수 없다고 했다. 몸이 기억하기 시작하면 아무리 발버둥 쳐도 끌려간다는 것이었다. 외할아버지가 언제까지 몸뚱이 타령만 할 것이냐, 저 새끼들은 어찌할 것이냐 하며 저 깊은 곳에서 울거나오는 가래를 뱉기 위해 밖으로 나가자 외할머니가 뒤따랐다. 미원은 슬그머니 눈을 떴다. 엄마가 등을 보인 채 방문을 마주하고 있다가 자기와 동생 곁으로 오더니 풀썩 쓰러져 누웠다. 엄마가 고른 숨을 내쉬며 잠든 것을 확인하고 미원도 잠이 들었다.

아이고, 저 천불 같은 년! 하는 외할머니 소리에 눈을 떴을 때 엄마는 가고 없었다. 새벽이었다. 엄마가 누웠던 그 자리에는 꾸깃꾸깃해진 종이가 떨어져 있었다. 외할머니는 거칠게 문을 닫았을 뿐 육시랄 년, 사당패 같은 년 따위의 욕은 하지 않았다. 미원은 종이를 펼쳐 보았다. 엄마가 내 코에서 콧물이 흐를 때 몇 번을 비벼 코에 갖다 댈 때처럼 종이는 부드럽게 닳아 있었다. 낯익은 글씨들이 씌어 있었다. 가볍고 부드러우면서도 날카로운 것이 엄마의 필체였다. 엄마가 연필을 깎아줄 때면 심 끝이 바늘처럼 날카로웠다. 미원은 부러질까 두려워 엄마가 깎아준 연필을 쓰지 못했다. 학교에 가면 친구들 것을 빌려 썼고 집으로 돌아올 때도 빌려 왔다. 엄마는 학교 숙제로 내준 미원의 일기를 반드시 검사했는데 엄마가 고친 글자는 꾹꾹 눌러 쓴 자기 글씨와는 달리 뾰족하고 흐릿해서 곧 알아차렸다. 솜처럼 구겨진 종이 속에서 힘없는 글자들이 더욱 희미해져 있었다. 미원은 며칠에 걸쳐 그것을 읽어냈다.

시간은 모든 것을 소멸시켜 형체를 찾을 수 없고. 친구들은 꿈속으로 찾아와 억울함을 하소연하고. 나는 어떤 말도 할 수가 없고. 두렵다. 겪어 보지 않은 사람은 모른다. 지옥에 갔다 살아 돌아온 사람은 죽어서도 그 이야기를 할 수가 없다는 것을.

미원은 그 뜻을 이해하기 힘들었다. 미원은 새근새근 숨소리를 내며 잠들어 있는 동생을 바라보았다. 늘 먼 곳을 향해 있는 엄마의 눈동자가 떠올랐다. 외할머니는 엄마가 친구들의 혼령이 씌어서 천지 분간 못 하고 떠돌아다닌다고 하였다. 미원은 이제 엄마가 언제 올까 하는 따위로 속을 태우지 않기로 했다. 이 집에서 쫓겨나지 않고 살아남을 궁리를 하는 것이 우선이었다.

그렇게는 안 돼.

미원은 입을 앙다물었다. 후둑 둔중하게 감 하나가 떨어졌다. 가슴에 파도가 이는 것 같았다.

동생이 눈을 떴다. 울기 시작했다. 감이 떨어져 내릴 때와 같은 울림. 우렁찬 울음소리가 나 여기 있어요, 나 살아 있어요, 하는 소리로 들렸다. 여느 때와는 다르게 동생 울음소리가 반가웠다. 미원은 등을 내밀었다. 와락 달라붙는 동생을 업고 왕대나무숲으로 갔다.

곧게 자라 쭉쭉 뻗은 왕대나무들이 하늘에 닿을 듯 치솟아 있었다. 바람이 살랑 불자 댓잎들 사이로 언뜻언뜻 하늘이 보였다. 햇빛이 쏟아져 들어왔다. 빛을 차지하기 위해 도라지꽃 나리꽃이 몸을 틀었다. 유난히 도도하고 예뻤다. 미원은 왕대나무숲 꽃들이 예쁜 건 그늘에 살면서 햇빛을 간절히 원하고, 빛이 들어올 때마다 온몸으로 받아들이기 때문이라고 생각했다.

미원은 왕대나무숲이 좋았다. 대낮에도 어두컴컴했으므로 이 속에 있으면 아무도 찾지 못했다. 엄마도 왕대나무숲을 좋아했다. 왕대나무숲이 있는 이 집은 낙원이었다. 이 집으로 오기 전에는 사람들의 눈을 피해 자주 이사 다녔다. 거의 방에 갇혀 있다시피 하였다. 엄마는 이 집에서 어느 때보다 활기로 가득 차 있다. 호미를 든 채 마당이며 텃밭과 숲을 오가면서 왕성하게 자라나는 풀을 뽑았다. 머리에 흰 수건을 두르고, 고운 이마와 오똑한 콧날에 송글송글 맺힌 땀을 뚝뚝 떨어뜨리며 일했다. 늘 창백했던 얼굴은 햇볕에 그을려 생기 있고 건강해 보였다.

왕대나무숲은 어두웠으나 평화롭고 비밀스러웠다. 언젠가 엄마는 댓잎 무성한 왕대나무를 보며 말했다.

대숲이 날로 울창해져서 걱정이다. 그러다 꽃이라도 피우면….

대나무도 꽃이 펴요?

미원은 의아했다. 왕대나무에서 꽃이 피는 것도 그것을 걱정하는 엄마도 이해되지 않았다.

왕대나무가 자라 꽃을 피우기도 한단다. 꽃 피는 것이 좋은 것만은 아니야.

엄마는 꽃이 피면 왕대나무들이 말라 죽는다고 했다. 미원은 쭉쭉 뻗은 대나무들이 죽는다는 사실을 상상할 수 없었다.

한 번의 꽃을 피우기 위해 온 생을 바치는 거야. 대나무들은 같이 자라면서 땅의 영양분을 나눠 가진단다. 다 빨아 당겨 땅의 기운이 쇠하면 대나무들은 더 이상 살기 어렵다는 것을 알아차리고 남은 생을 어떻게 마무리 할 것인가 궁리하지. 꽃을 피우기로 작정하고 남아 있는 기운을 다 끌어모아서 마침내 꽃을 피우며 죽어간단다.

대나무꽃 이야기를 하던 엄마가 난데없이, 저것이 어찌 왔을까 하며 무언가를 뚫어지게 바라보았다.

알락뜸부기란다.

소리를 낮추며 엄마가 속삭였다.

새 중에서 가장 작은 요정소쩍새야. 그늘 속에 숨어 사는 탓에 사람들 눈에 잘 띄지 않아. 어둠 속에서 홀로 지내면서 언제나 울음소리로 자기 있음을 알리지. 어떤 위태로운 상황이 닥쳐도 허둥거리지 않고 묵묵히 제 자리를 지킨단다.

미원은 엄마가 뚫어지게 바라보고 있는 곳을 눈으로 좇았다. 새커녕 그 그림자조차 없었다. 다만 어둠 가득한 대숲 끝 뻥 뚫린 구멍 사이로 환한 빛들이 물방울처럼 통통 튀고 있는 것이 보였을 뿐이었다. 엄마는 그때 무언가에 사로잡혀 있었다. 미원은 불안했다. 그 요정새가 어디 있는지 더 이상 캐묻지 않았다.

엄마가 떠난 뒤로 동생은 밤낮으로 울어댔다. 그때마다 외할아버지는 고아원으로 내쫓겠다며 위협했다. 영영 엄마를 만나지 못

한 채 동생과 쫓겨날 것 같아 두려웠으나 미원은 내색하지 않았다.

군에서 주최하는 고전읽기 대회에 출전할 학생으로 뽑혔다. 선정해준 고전을 얼마나 잘 읽었는지 시험을 치르고 글을 쓰고 발표도 한다고 했다. 모두 4명이 뽑혔는데 6학년 언니 오빠들 셋에 4학년은 자기 혼자였다. 미원은 언제든지 도서관에서 책을 빌려볼 수 있었다. 언제 쫓겨날지 모르는 속에서도 외할아버지와 외할머니가 일하러 나간 사이에 틈을 내어 읽었다. 책 속에서 미원은 무지개 빛살 같은 세상이 펼쳐지는 꿈을 꾸고는 하였다.

미원은 입으로 새어드는 짭짤한 물기를 혀로 핥으며 왕대나무숲에서 나왔다.

내 이노므 가시내들을 그냥.

외할아버지가 대나무로 엮은 대문을 밀치며 집으로 들어섰다. 미원이 미처 치우지 못한 쥐덫과 부엌칼을 손에 쥔 채 예의 그 휘적거리는 걸음으로 왕대나무숲을 향해 왔다.

예 말이요,

그때 마침 외할머니가 들어섰다.

그 오살할 년이 기어이 일을 벌였는 갑소. 얼릉 땅곡재로 가야쓰겠소.

미원은 주머니에 있는 엄마의 글이 적힌 종이를 가만 만져보았다. 글자들이 선명하게 한 자 한 자 눈에 그려졌다. 손에 쥐어진 종이는 솜처럼 부드러웠다.

생의 마지막을 예감하는 순간 대나무는 준비한단다. 꽃 한 송이 피워 올리기 위해.

엄마의 목소리였다.

외할아버지와 외할머니가 허둥지둥 대문을 나섰다. 미원은 뒤돌아섰다. 치솟은 왕대나무들이 일제히 꽃을 피워 올리고 있었다. 힐끗 새 한 마리가 날아올랐다. 알락뜸부기일 터였다.

왕대나무꽃들이 눈송이처럼 날리고 까치놀이 붉게 탔다.

『시선 10·19』, 2021. 12.

호
금
조

1

새는 다시 왔다. 베란다 문을 통과하여 힘차게 하늘로 날아올랐던 새는 어디를 헤매다 돌아왔는지 몹시 지쳐 보였다. 화려한 색깔에 윤기가 넘쳤던 깃털은 부스스했다. 새는 날개를 축 늘어뜨린 채 차가운 베란다 창틀에 의지해서 가까스로 몸을 지탱하고 있었다. 창틀 바로 앞에 놓인 새 둥지 만한 크기의 화분에서 옆으로 뻗은 철쭉 가지에 오르기 위해 안간힘을 썼으나 매번 실패했다. 자신의 몸 반 정도의 높이도 되지 않았음에도 불구하고 비틀거리다 멈추고는 하였다. 나는 자유에서 갇혀 있음으로 되돌아온 새의 하는 양을 안타깝게 지켜보았다. 새는 왜 다시 이 아파트로 돌아왔을까?

한옥을 정리하고 아파트로 들어와 살게 된 것은 노모의 지병인 당뇨가 악화된 탓이었다. 사시사철 밥상에 푸성귀를 올리게 했던 텃밭과 계절이 바뀔 때마다 온갖 기화요초들을 피워 올렸던 화단이 있는 집에서 살다가 아파트로 이사를 한 후 노모와 나는 가슴 답답증과 어지럼증에서 오랫동안 놓여나지 못했었다. 마당 한 켠에 자리한 동백나무에 주렁주렁 매달린 붉은 꽃송이들 사이를 포롱포롱 날아다니던 연녹색의 동박새만 눈에 선했다. 시커먼 하늘에서 천둥 번개 치며 폭우가 쏟아지는 날이나 나무가 뿌리째 뽑혀 나가는 태풍이 몰아치는 날이면 아파트만큼 우리 모녀를 안전하게 지켜주는 것도 없었다. 시간이 흐르면서 우리 모녀는 아파트가 제공하는 온갖 편리함에 길들어갔다. 때로는 삼중사중으로 철문을 걸어 잠그고 번잡한 세상에서 뚝 떨어져 나와 스스로 절해고도에 위리안치했다. 그럴 때면 절대고독 속에서 무한 자유를 누렸다. 자유를 찾아 떠났던 새 또한 한 달 가까이 내 집에 살면서 갇혀 사는 것에 길들어버린 것은 아닐까.

11월 초순의 날씨에는 어울리지 않은 화려한 실크 원피스 차림을 한 여인은 분명 그녀였다.

순천만 갈대숲에 갔다가 돌아오던 길이었다. 광활하고 울창한 순천만 갈대숲은 일이 풀리지 않거나 가슴 갑갑증이 일 때마다 가곤 하는 곳이었다. 갈대숲에 앉아서 갈대들의 수런거림을 듣고 개웅에서 들려오는 청둥오리 갈매기의 소리를 들었다. 추수를 끝낸 텅 빈 논에 드러누워 까치노을을 바라보기도 했다. 사위어 가는 어둠에 맞서 함몰당하지 않으려고 강렬한 빛살을 내뿜는 그것을 바라보고 있으면 내 가슴 깊은 곳에서도 뜨거운 불덩이가 솟아올랐다.

집에서 기다리고 있을 노모 탓에 까치노을을 보지 못하고 돌아온 것이 못내 아쉬웠다. 해 질 녘이면 노모는 혼자 있으려고 하지 않았다. 조금만 늦어도 아파트 현관문을 벌렁 열어놓고 나를 기다렸다. 집안을 서성거리며 불안해했다.

시내에 들어섰을 때, 서쪽 산 낮은 봉우리 사이에 걸린 저녁노을이 바야흐로 그 일대를 붉게 물들였다. 사거리 신호등 앞에서 버스터미널로 향하는 신호가 거듭 바뀌는 사이 빛살을 뿜어내며 타오르던 노을은 모양새 하나 흐트러짐 없이 도도하게 산봉우리 사이로 몸을 숨겼다. 하늘 끝에는 정사를 마치고 남자의 품에 안겨 있는 여인의 상기된 알몸 같은 노을이 살폿 드리워져 있었다.

과외를 받으러 오는 아이들이 시험 기간이라며 일주일간을 쉬겠다고 한 터였다. 어디 여행이나 다녀오자 하고 행선지와 차 시간을 알아보기 위해 고속터미널로 향하던 길이었다. 터미널 입구 과일가게 앞에 주차를 하고 차 문을 열려던 나는 주춤했다. 커다란 여행 가방을 들고 히득히득 웃으며 서 있는 여인 때문이었다.

나는 카키색의 긴 가죽 코트 깃을 여미며 반대편에서 서성거리는 여인을 주시했다. 아침에 노모는 설악산에 첫눈이 내렸다는 소식과 함께 기온이 영하로 떨어진다 했다는 일기예보를 나에게 전했다. 노모는 옷장에서 흰색과 검정의 사각 마름모꼴 모양이 교차

된 백 퍼센트 울 소재의 폴라 티와 역시 울 소재의 검정 9부 바지를 꺼냈다. 카키색의 가죽 롱코트도 내주었다.

내 차림새에 견준다면 여인은 속옷 차림새나 다름없었다. 햇살이 고운 봄날 차려입고 나서면 성장한 귀부인 차림이라 해도 손색이 없을 옷이었으나 이날은 그녀를 반쯤 넋이 나간 여자로 보이도록 했다. 미장원에 다녀온 지도 오래된 듯 퍼머 머리는 풀릴 대로 풀려 부스스했고, 종아리를 훤히 드러내 놓은 채 초록색 플라스틱 슬리퍼를 신었다. 더욱 이상한 것은 여인의 손에 들려져 있는 가방이었다. 커다란 여행 가방은 입구가 벌렁 열려 있었다. 그 큰 가방이 여인의 손에서 달랑거리는 걸로 보아 빈 가방인 듯싶었다. 여인은 총총히 걷다 멈춰 서서 서성이고는 했는데 그때마다 가방 깊숙이 손을 넣어서 무엇인가를 끄집어내어 버리는 시늉을 했다. 그리고는 고개를 젖히고 유쾌하게 깔깔거리던 것이었다.

2차선 거리를 두고 나는 혹시나 하는 두근거리는 마음으로 여인을 지켜보았다. 그때 여인이 흘깃 내 쪽을 보는 듯했다. 그녀가 분명했다. 당황한 나는 황급히 시동을 걸어 그 자리를 떠나왔다.

2

그녀를 알게 된 건 독서모임에서였다. 나는 학원을 차려 놓고 아이들에게 책을 읽고 글을 쓰게 하는 독서지도를 했다. 어느 해 겨울 '뜨락'이라는 이름을 가진 모임에서 어떤 책을 읽을 것인가 하는 것을 주제로 강좌를 의뢰해 왔다. 시와 수필을 쓰는 주부들의 모임이었는데 그것을 계기로 그들과의 만남을 이어오고 있었다. 모임은 한 달에 한 번 동서 고전 중에서 선정된 책을 미리 읽어온 뒤에 토론하고 감상문을 발표하는 식으로 진행되었다.

그 모임에서 그녀는 책을 주문하여 회원들에게 나누어준다든지 모임이 있는 날은 차를 내온다든지 하면서 자잘한 일들을 도맡아 했다. 책을 읽는 것 또한 누구보다도 열심이었다. 작품 전반을 파악해내는 분석능력은 다소 떨어졌으나 삶을 바라보는 시선이 늘 따뜻했다. 자그마한 키의 그녀는 밝은 표정과 경쾌한 목소리로 쉼 없이 말을 했고 호호깔깔거렸다. 그녀의 웃음소리는 실로폰을 두드렸을 때 튕겨 나오는 음처럼 맑고 투명했다.

회원들에 의하면 그녀는 난방도 되지 않은 방에서 먹을 식량조차 없이 생활하고 있다고 했다. 동네에서 조그마한 부식 가게를 꾸리며 근근이 살았는데 남편이 무슨 병인가로 큰 수술을 받아 빚더미 속에서 살고 있다는 것이었다. 그러나 그녀는 조금도 그러한 내색을 하지 않았다.

그녀에게서 전화가 걸려온 것은 지난 일요일이었다. 몇십 년만의 한파가 연일 이어져 외출은 엄두도 내지 못한 채 집 안에서 어정거리던 차였다. 그녀는 시청 광장에 홀로 서 있었다. 녹색의 두툼한 누비바지에 털 파커를 입고 같은 색의 창이 넓은 모자를 썼다. 그녀의 얼굴은 팽팽히 잡아당긴 천의 이음새 부분에 면도날을 들이대기만 하면 투두둑 터져 나갈 것처럼 탱탱하게 얼어 있었다. 그녀는 자기가 시청 소속의 공공근로자라고 했다. 도로변에 있는 나무와 도로 사이에 있는 화단 가꾸는 일을 한다는 것이었다. 휴일과 비 오는 날을 제외하고는 눈보라가 몰아쳐도 일을 한다고 했다. 그날이 일요일인지 몰랐다가 날씨가 하도 맑고 투명해서 차나 한잔할까 하고 나온 참에 내 생각이 나더라는 것이었다.

자판기 앞에서 커피를 빼서 마신 후 그녀와 나는 느티나무 아래로 갔다. 오백 년은 족히 되었을 느티나무는 무수한 가지들을 하늘로 뻗은 채 장엄하게 서 있었다. 그녀는 팔을 벌려 나무를 안았다. 나무는 세 사람쯤은 있어야 안을 수 있을 듯했다.

이렇게 귀 기울이면 뿌리 저 깊은 곳에서 물 흐르는 소리가 들리는 것 같아요. 이 나무는 하늘로 치솟은 자기 키 만큼의 깊이로 땅에서도 뿌리를 내리뻗고 있을 테지요. 나무에 매달려 있으면 땅과 하늘과 내가 교통교감하고 있다는 생각이 들어요.

감미로운 선율에 빠져들 듯 그녀는 취해 있었다. 하늘을 향해 고개를 쳐든 그녀의 얼굴 위로 유리구슬처럼 맑은 겨울 햇살이 쏟아져 내렸다.

한 달간의 공공근로가 끝난 뒤에도 그녀는 닥치는 대로 일을 했다. 파출부 식당일 은행청소원 도배일 등 그녀는 어떤 일이든 그것에 빠져들어 신명나게 했다. 그녀를 만날 때마다 활력을 느꼈다. 나는 점점 그녀의 치열한 삶 속으로 빠져들었다.

그즈음 내 학원에서는 독서교사 한 사람이 결혼하게 되어 교사를 구하고 있었다. 나는 그녀에게 아이들을 가르쳐 보지 않겠느냐고 물었다. 그녀의 감수성과 독서력에 대해서는 이미 알고 있던 터라 조금만 공부를 하게 하면 무리가 없을 성싶었다. 이야기를 꺼냈을 때 그녀는 잡초처럼 살아온 자신이 어떻게 아이들을 가르칠 수 있겠느냐며 펄쩍 뛰었다. 아이들의 독서지도에 필요한 책들을 선정해서 읽히고 그날그날 수업할 부분을 미리 설명해주었다. 얼마 지나지 않아 다른 교사들을 따라잡았다.

가까이에서 본 그녀는 땅에 발을 딛고 억척스럽게 살아가는 그런 사람만은 아니었다. 어떤 일이든 마음을 다잡고 끝까지 해내는 법이 없었다. 그녀는 질서와 규칙을 못 견뎌 했다. 어수선하고 산만했으며 늘 표류했다. 틈만 나면 누구에겐가 전화를 걸어 수다를 늘어놓았다. 때로는 아무 말 없이 사라져버리는 일도 있었다. 홀연히 사라졌다가 들어온 그녀는 몹시 미안해하며 숨이 막힐 것 같아서 바람을 좀 쏘이고 왔다고 했다. 숨을 헐떡이며 들어온 그녀는 땀에 흠뻑 젖어 금방이라도 쓰러질 듯 지쳐 있었다.

그녀는 아이들이 글을 쓰는 동안 슬그머니 강의실에서 빠져나와 문을 열고 다녔다. 그녀가 강의실로 들어간 후 학원을 한 바퀴 돌아보면 현관문 화장실문 씽크대문 들이 모두 삐그시 열려 있었다. 교사들이 오다가다 닫아놓으면 잠시 후 다시 열어놓았다. 책들을 책장에 가지런히 꽂아두었는데도 꼭 한두 권쯤은 삐죽하게 튀어나와 있었다. 채 한 달을 채우지 못하고 그녀는 학원을 그만두었다. 나는 내심 서운하였으나 붙잡지 않았다. 시멘트벽을 못 견뎌 하며 스스로 뚫고 날아간 것이었으니까.

그녀는 한동안 연락이 없었다. 독서모임에도 모습을 드러내지 않았다. 그녀와 같이 있을 때면 나는 종종 마음에 질러둔 빗장을 걷어내고 모든 것들을 떨쳐내고 싶은 충동이 일곤 했다. 그러나 그뿐이었다. 그녀가 사라지면 나는 늘 그래왔던 것처럼 내가 이루어낸 것들을 지키기 위해, 아울러 성취해야 할 또 다른 것들을 위해 더욱 철저히 나를 시멘트벽 안에 가두었다.

가까운 사찰의 매화나무에서 칠 년 만에 꽃망울을 터뜨릴 것이라는 소식이 들려왔다. 꽃망울을 터뜨리는 순간 날아오는 홍매의 향이 그토록 향기로울 수 없다고 하였다. 나는 최초의 순간을 놓치지 않으려고 틈만 나면 그곳으로 달려갔다. 그녀가 나타난 것은 그즈음이었다.

화사해져 있었다. 화장기 없는 얼굴에 늘 청바지 차림이었던 그녀는 짙은 화장을 하고 옷차림도 화려했다. 자줏빛 공단 투피스를 입고 허리에 은색 체인벨트를 두르고 검정 바탕에 자줏빛 꽃모양이 그려진 같은 소재의 자켓을 걸치고 있었다. 긴 파마머리는 황금색이었다.

잘 살았죠? 저 취직했어요. 그동안 공부하느라 연락을 못 했어요. 이제부터는 제 이름을 부르기 전에 꼭 보험설계사라는 칭호를 붙여주세요.

여기저기 기웃거리고 다니면서 세상 돌아가는 것도 익히고 사람들 만나 마음껏 수다를 떠는 맛이 그만이라며 그녀는 자신의 직업을 자랑했다. 그것이 자신의 천직인 듯하다며 어깨를 우쭐해 보였다.

3

새는 호금조였다. 한 달 전 아침 산책에서 돌아왔을 때 새 한 마리가 베란다에 놓인 화분들 틈 철쭉 가지 위에 앉아 있었다. 산책을 나가기 전 바깥 날씨를 살피느라 열었다가 미처 닫지 못했던 베란다 문을 통해 들어온 모양이었다. 새를 보았을 때 절로 탄성이 흘러나왔다. 두 손안에 쏘옥 들어올 정도의 앙증스런 몸집 탓이기도 했으려니와 무엇보다도 원색의 화려한 빛깔들이 온몸에 펼쳐져 있던 탓이었다. 붉은색 앞머리에 앞가슴 부분은 짙은 보라색을 하고 배 부분은 주황빛이 감도는 진노랑색이었다. 특히 진한 녹색의 깃털은 다른 어느 부분보다도 화려하고 눈부셨다. 나는 호금조의 화려함에 끌려 넋을 잃은 채 바라보았다. 새가 어떻게 하여 내 집으로 오게 되었는지 하는 따위는 아랑곳하지 않고 그날로 당장 새장과 모이부터 사들였다.

새장을 들여다볼 때마다 가슴이 죄어들기 시작했다. 무엇보다도 그 화려한 빛깔을 볼 때마다 엄마의 옷장이 떠올랐다. 엄마는 당뇨합병증으로 다리를 잘 쓰지 못했다. 한 달에 두어 차례 병원을 가는 것 외에 문밖 출입을 할 수 없음에도 불구하고 엄마는 자식들이 주는 돈으로 울긋불긋 현란한 무늬의 옷들을 부지런히 사들였다.

어릴 적 내가 살던 골방에는 높은 창문이 하나 뚫려 있었다. 그곳을 통과한 빛 한 줄기가 유일하게 방 안을 비춰주었다. 그 빛에 의지해서 우리 모녀는 각자의 세계에 빠져들었다. 엄마는 장롱문을 활짝 열어둔 채 그 안에 가득 차 있는 옷을 꺼내 입고 거울에 비친 자신의 모습을 들여다보았다. 나는 그 곁에서 책을 읽었다. 엄마는 아버지의 세 번째 첩이었는데 때때로 나타난 두 여자가 장롱에 들어 있던 옷을 남김없이 찢어 놓고는 했다. 그들이 돌아가면 엄마는 이전보다 더욱 화려한 옷들로 옷장을 그득히 채워 놓았다. 그러나 그 옷들을 입고 한 번도 골방을 나선 적은 없었다.

새장에 갇힌 호금조를 바라볼 때마다 형형색색의 화려한 옷들을 옷장 가득 채워 놓고 평생을 방 안에서 갇혀 산 엄마의 삶이 살아난 것이다.

나는 새장 문을 열어 새를 날려 보냈다. 그런데 하루 만에 새가 다시 날아든 것이다.

글쎄 어떻게 그럴 수가 있느냐구요.

독서모임이 있는 날이었다. 성 여사에 의해 벌써 몇 번째 수업이 중단되었다. 읽어온 책에 대한 이야기를 하던 중 성 여사가 또다시 그녀에 대한 말을 꺼낸 것이었다. 약속 시간을 넘겨 수업 도중에 나타난 성 여사는 회원들에게 미안해하는 내색도 없이 자리에 앉더니 다짜고짜로 그녀 이야기를 늘어놓았다. 성 여사는 그녀에게 전화를 걸어 오늘 모임이 있다는 것을 알린 뒤 회사도 그만두었다던데 어떻게 지내느냐고 물었다고 했다. 그런데 그녀가 느닷없이 화를 내더라는 것이었다.

구질구질한 삶에서 놓여나 더 나은 삶으로 나아가기 위해 책을 읽었는데 그것이 말짱 헛것이더라고 하면서 팔자 좋은 사람들이나 많이 읽으라고 합디다.

좀체 남의 이야기를 입에 올리지 않는 성 여사는 흥분을 가라앉히지 못했다.

옆에 있으면 할퀴고 달려들 태세였어요. 아무에게도 알리지 않았는데 자신이 직장 그만둔 것을 어떻게 알았느냐고 악을 써가며 묻습디다.

성 여사의 말은 쉬이 멈춰질 성싶지 않았다. 직장 그만둔 사실을 회원들에게 알린 것은 나였다.

그녀는 한동안 그림자처럼 내 곁을 맴돌았다. 매 순간 휴대폰으로 문자를 보내오고 틈만 나면 학원으로 달려와 이런저런 이야기를 늘어놓았다. 그랬던 그녀가 아무런 말도 없이 연락을 끊은 것이었다.

그녀가 다녔던 보험회사로부터 적금보험 해지통지서를 받은 것이 두 달 전이었다. 그녀는 자신의 회사에서 선정한 우수고객 명단에 내 이름도 들어 있다며 그 고객을 위한 특별 상품이 있으니 들어놓으라고 했다. 보험의 액수가 너무 커서 거절했으나 두 모녀만 달랑 살면서 무슨 일이라도 생기면 어찌 하려느냐, 선생님도 결혼을 해야지 언제까지 엄마한테 매여서 그렇게 살 것이냐, 세상이 하도 흉흉해서 언제 무슨 일이 생길지 알 수 없고 선생님이 독립을 한다 해도 결국은 돈이 있어야 하지 않겠느냐 하면서 그녀는 끈질기게 나를 설득했다. 결국 한 달에 백만 원씩 납입하는 적금보험을 들었고 그때껏 그녀가 관리해오고 있었다. 그러나 풀릴 줄 모르는 경기 침체 속에서 매달 그 돈을 충당하는 것이 여간 부담스럽지 않았다. 한두 달씩의 연체에도 불구하고 해약이 되지 않았던 것은 그녀가 틈나는 대로 학원에 들러 일수 찍듯 돈을 가져가 목돈을 만들어 주었던 탓이었다. 꼬박꼬박 챙겨다 주었던 영수증이 어느 때부터인가 내게 전달되지 않았으나 나는 그녀가 그것을 깜빡 잊었으려니 했었다. 해지통지서를 받고 전화를 걸어 어떻게 된 일이냐고 물었을 때 그녀는 호호거리며 걱정하지 말라고 했다. 그날 중으로 해결해 놓겠다던 것이었다. 다음 날 전화를 걸었을 때 휴대전화기는 꺼져 있었고 집 전화는 통화가 정지된 상태였다. 나는 그녀가 이미 한 달 전에 해직되었음을 알게 되었고 결국 보험은 해지되었다. 그녀의 통장으로 입금했던 두 달 분의 보험금과 해약에 따른 위약금이 손실된 채였다.

그녀는 매사가 명료하고 정확한 사람이었다. 아이들의 옷뿐만 아니라 자신의 옷도 다른 사람들로부터 물려받아 입을 만큼 검소했다. 커피숍에서 내가 커피 한 잔을 사면 다음에 자판기에서라도 커피를 뽑아 성의에 답하는 그런 예의도 갖추고 있었다. 그런 그녀가 연락을 끊은 것이었다. 나는 그녀에게 그만한 사정이 생겼으려니 하고 그녀의 처신을 기다렸다.

그것에 대해서는 한마디의 언급도 하지 않은 채 그녀는 간혹 공자 맹자 노자 장자를 빌어 초 자연한 듯 자신의 삶을 미화시키는 문자를 내 휴대전화로 찍어 보내오고는 하였다. 나는 침묵으로 일관했다. 자신을 들여다보지 못하고 뜬구름을 잡아탄 채 내려올 줄 모르는 그녀의 삶을 비웃을 따름이었다.

그 언니 지금 힘든가 봐요. 직접 통화를 해 보지 않아서 정확한지는 모르겠으나 회사 일이 잘못된 모양이에요. 그 언니가 다녔던 회사 소장이 제 친구의 언니거든요. 그 언니의 입장도 있고 해서 캐묻지는 못했는데, 신용불량자에다 살고 있는 집도 넘어갈 거라고 하더군요.

회원들 중에서 나이가 가장 어린 미진이 입을 열었다. 늘 말이 없고 신중한 사람이었다. 성 여사가 나서서 한마디했다.

그게 무슨 소리야. 팀장을 맡은 뒤로 돈을 물 쓰듯이 하지 않았어?

회원 모두가 성 여사의 말에 공감하는 눈치였다. 누군가는 한때 명품을 휘감은 그녀의 모습이 귀족을 방불케 했다며 비꼬아 말했다.

어쨌건 그 언니가 어려움에 처해 있다는 건 우리가 다 알고 있는 일 아니에요. 이 말을 드려야 할지는 모르겠으나 그 언니 남편이 목을 매고 죽으려고 했다는 말도 있고 그 때문에 언니가 실성한 사람처럼 거리를 돌아다닌다는 말도 있어요. 갑자기 꽁꽁 숨어버린 그 언니가 야속하다는 생각이 드는 것도 사실이지만 이럴 때일수록 언니에게 힘이 될 무언가가 필요하지 않겠어요?

미진이 말을 하는 동안 성 여사는 뜨끔한 표정을 짓고 있었다. 미진이 나를 바라보았다. 나는 창밖으로 고개를 돌렸다. 실크 원피스를 입고 커다란 여행 가방을 든 채 길가에서 히히덕거리던 그녀의 모습이 떠올랐다. 미진의 말에 어떠한 응답도 하지 않은 채 나는 서둘러 수업을 마쳤다. 성 여사가 점심을 먹는 자리에서 그녀를 도울 방도를 생각하자며 나에게도 참석해 줄 것을 종용하였으나 뚝 잘라 거절을 하고 사무실을 빠져나왔다. 집으로 가서 여행 가방을 꾸려 어디든 떠날 참이었다.

여행 가방이라고 딱히 챙길 것도 없었다. 팬티와 양말, 화장품

샘플 몇 가지를 평소 들고 다니는 핸드백에 넣는 것으로 여행 준비는 끝났다. 오히려 일주일 동안 남동생의 집에 가 있기로 한 노모의 짐이 훨씬 많았다.

남동생 내외가 도착하자 엄마는 혼자 아파트에 남아 있겠다며 짐을 싣고서도 완강히 버티었다. 그런 엄마를 차 안으로 밀어 넣고 집으로 들어왔다. 문자 알림 벨이 울렸다. 그녀였다.

선생님 저 좀 만나요. 저 자유의 몸이에요. 5시에 터미널 앞 고려다방에서 기다릴게요.

약속 장소에 도착했을 때 그녀는 어제 보았던 가방을 옆에 끼고 앉아 있었다. 초췌해 보였다. 여전히 휘황찬란한 무늬가 그려진 실크원피스를 입고 플라스틱 슬리퍼를 신은 채였다. 거리를 쏘다니다 온 듯 부스스한 머리카락들은 마구 헝클어졌다. 바람에 날려 어느 부분은 납작 엎드렸고 어느 부분은 위로 치솟았으며 또 어느 부분은 휑하니 비었다. 치솟은 머리카락 몇 가닥은 탈색이 되어 마치 옥수수수염처럼 푸석했다. 그것이 그녀의 울긋불긋한 옷차림과 묘하게 어우러져 나는 그녀가 마치 무대에 오른 광대처럼 보였다. 얼굴에는 피곤이 짙게 배어 있었다. 알 수 없는 무게에 짓눌려 딱히 할 말을 찾지 못하고 있던 나는 그녀에게 얼굴이 좋아 보인다느니 날씬해졌다느니 하는 따위의 말을 내뱉었다. 그녀는 시종 어색한 웃음을 흘렸다. 내 눈을 마주하지 못하고 가방 손잡이를 만지작거리던 그녀는 나에게 어디 여행이라도 떠나느냐고 물었다. 그때 머리카락을 길게 늘어뜨린 앳된 얼굴을 한 종업원이 원두커피를 내왔다. 그녀가 미리 주문해 둔 모양이었다. 그녀는 두 손으로 잔을 감싸 쥐고 오랫동안 향을 맡았다.

선생님 미안해요, 정말이에요. 그동안 선생님 생각 많이 했었는데 비루하고 구차한 삶 더 이상 내보이기도 염치없고 해서 혼자 떠돌아다녔어요.

눈물을 삼키려는 듯 그녀는 허공을 향해 고개를 쳐들고 눈을 깜박거렸다. 그리고 그간의 일을 쏟아내기 시작했다. 바람이 불 때마다 허름한 다방의 창문들이 일제히 덜컹거렸다. 지나간 유행가 가락에 맞춰 그녀의 어깨도 끊임없이 들썩거렸다.

4

사는 게 이런 것이구나 싶었어요 하는 말로 그녀는 두 달간의 자신의 행적에 대해 입을 열었다. 생전 처음 이쁜 옷과 화장품으로 치장을 하고, 비록 산동네 전셋집이나마 가구 사들여 집을 꾸미고, 주말이면 가족들과 여행길에 올라 전망 좋은 숙소에서 폼나게 쉬고…. 새끼들 좋은 옷 입히고 만난 것 먹이며 남들처럼 비싼 과외도 시키고 거기다 다달이 붓는 적금통장 불어나는 재미까지 곁들여 사는 것이 거칠 것 없어 보이더라고 했다. 수시로 전화를 걸어와 일찍 귀가해라 아이들 잘 챙겨라 옥상에 널려 있는 빨래 걷어라 점심 차려 달라, 시시콜콜 잔소리를 해대는 버릇은 여전하였으나, 남편의 허락 없이는 한 발짝도 밖으로 나설 수 없었던 예전에 비하면 남편은 개과천선한 사람처럼 그녀가 하는 일에 우호적이었다. 그것이 자신에 대한 배려에서 비롯된 것이라기보다는 돈 때문이라는 생각이 들면 서글프기도 하였으나 일만 할 수 있다면 아무래도 상관없었다. 남편과 사는 것이 지옥만은 아니구나. 나도 살맛나는 세상을 살 때가 있구나, 하는 생각이 들 때면 누구든 붙들고 자랑이라도 하고 싶었다. 적어도 남편이 목을 매달기 전까지는 그랬다.

남편은 현재 딱히 직업이라고 내세울 것이 없는 사람이었다. 한때는 지방 신문사의 기자였으나 해고당했다. 소심하고 주변머리 없는 성격 때문이었다. 보다 근본적인 이유는 쥐뿔도 없는 주제에 곧이곧대로 기사를 쓰는 그의 정의로움 탓이었다. 그녀는 그렇게 생각했다. 해고를 당할 때마다 그녀가 생활을 도맡아 했다. 무슨 일이든 닥치는 대로 했다. 보험설계사는 지금까지 해온 일 중에서 가장 폼 나는 직업이었다. 중앙지 1면 상단에 자신이 속한 회사의 이름이 실리고 아침마다 경비의 거수경례를 받으며 8층 빌딩으로 출근을 할 때면 가슴이 벅차오르고는 하였다. 몇 년간 열심히 다리품을 팔아 어느 정도 빚도 갚고 적금 통장도 하나 갖게 되었을 때 남편은 그녀에게 사업을 해보겠다고 했다. 처음에는 펄쩍 뛰었으나 남편이 자기 일이라도 붙들고 있으면 온 가족이 그로부터 놓여나 숨통을 틀 수 있으리라는 생각에 자금을 마련해 주었다. 적금을 해지하고 아이들 교육보험을 담보로 약관 대출을 받았다. 부족한 돈은 후배의 보험에서 대출을 받았다. 공구를 납품하는 일이었는데 일 년을 넘기지 못하고 남편의 사업은 산산조각 났다. 제철에 근무하는 후배의 말을 듣고 시작한 사업이었는데 그를 믿은 것이 원인이었다. 그녀는 하늘이 무너지는 것 같았다. 빚더미는 고스란히 그녀에게 안겨졌다. 남편은 자리에 누워 시체처럼 널브러져 있었다. 천성이 밝고 낙천적인 그녀는 훌훌 털고 일어났다. 예전보다 더 다리품을 팔면서 그녀는 생각했다. 그동안 그녀가 주로 상대한 고객들은 조그마한 슈퍼나, 선술집, 부식점, 과일가게 등을 하는 사람들이었다. 그들을 상대해서는 평생을 저축은커녕 빚 갚는 데 바치고 말 것이라는 생각이 들었다. 그녀는 고객층을 바꾸기로 했다. 병원 의사나 변호사와 같은 직업을 가진 사람들로 층을 높여야 살아남을 듯했다. 그런 결심을 하고 나서 그녀는 곧장 백화점으로 달려갔다. 값비싼 옷과 신발과 가방을 샀다. 안경을 맞추고 만년필을 사고 휴대폰도 최신형으로 바꾸었다. 거기서부터가 문제였다. 자신의 세계를 한 차원 높게 업그레이드시킨 뒤의 파장은 실로 엄청난 것이었다. 어디까지가 끝인가 어디 한번 가보자 물건을 사들일 때마다 그녀는 그런 생각을 하고는 하였다. 딱 한번만, 크게 한 건 올려서 해결하자 하고 긁어 썼던 카드가 그녀의 삶을 송두리째 뒤흔들 줄은 미처 생각 못했다. 새벽마다 성당에 나가 욕심 부리지 않고 살게 해 달라고 기도했던 것도 아무 소용이 없었다. 인터넷이나 텔레비전 홈쇼핑을 누비고 다니며 물건을 사들일 때마다 그녀는 자신의 어디에 그런 욕망들이 숨어 있었는지 새삼 놀라고는 하였다. 그것들은 필요해서 산 물건이 아니었다. 언제부턴가 사지 않으면 불안하고 초조해졌다. 집 안에는 포장을 풀지 않은 물건들이 쌓이고 카드이용대금 청구서의 금액도 날로 불어났다. 카드라는 카드는 죄다 만들어 이리저리 돌려막았으나 일은 터지고 말았다. 그 사실이 직장에 알려져 해직을 당하고, 카드 회사로부터 밤낮으로 돈 내놓으라는 협박 전화를 받았다. 집 안에 쌀 한 톨이 없고 라면 한 봉지 살 돈도 없었다. 새끼들은 피자 먹고 싶다, 갈비 먹고 싶다, 레스토랑 가자고 졸라댔다. 그녀는 입에 약 털어 넣고 새끼들과 딱 죽어버릴 생각밖에 없었다. 그녀는 무슨 일이든 해서 죽이라도 쑤어 먹으며 살자고 마음을 고쳐먹었다. 마침 어느 농장에서 꽃나무에 접을 붙이는 일자리가 나왔다. 회개하는 죄인의 심정으로 일에 임했다.

그 일이 터진 거예요. 하루 10시간 이상 노가다와 다를 바 없는 일을 마치고 집으로 돌아오면 남편은 술에 취해 있었어요. 집에 들어서는 순간부터 나를 따라다니며 끊임없이 잔소리를 늘어놓고 밤늦도록 잠을 재우지 않았어요. 그것도 하루 이틀의 일이지

날마다 붙들고 늘어져 고문을 해대는데 버틸 수가 없었어요. 새끼들은 축 늘어져 부모 눈치만 보고 아무래도 같이 살아서는 안 되겠다 싶더군요. 울며불며 매달리는 새끼들에게 돈 벌어 오겠다며 눈물로 하소연을 하고 이별식을 했어요. 그런데 남편의 태도가 달라진 거예요. 눈에 띄게 말수가 줄어들고 가족들을 대하는 것도 부드러워지고. 그때 눈치를 챘어야 했어요.

그녀는 탁자 위에 놓여 있는 네모 모양의 플라스틱 통에서 화장지 한 장을 뽑아 눈가를 꾹꾹 눌렀다. 컵에 들어 있는 물을 단숨에 마신 뒤 그녀는 말을 이었다.

떠나기 전날 아침 남편이 맥 풀린 목소리로 이야기 좀 하자고 하더군요. 못 들은 척하고 집을 나갔어요. 일을 마치고 저녁 찬거리를 사려고 부식가게에 갔더니 주인 남자가 이제 막 남편이 소주 몇 병 사들고 나갔다고 하더군요. 어디에 쓰려는지 노끈을 찾길래 과자 박스에 묶여 있던 것을 빼내 주었다고 하면서요. 또 어디 강변에라도 가서 쪼그리고 앉아 마시고 오려나 보다 하고 아이들과 저녁을 먹었어요. 그런데 자정이 넘어도 돌아오지 않더군요. 갑자기 가게 주인의 말이 떠오르면서 등골이 오싹해졌어요. 맨발인 채로 뛰쳐나가 있을 만한 곳은 다 가보고 동네를 샅샅이 뒤졌으나 남편은 없었어요. 그런데 누군가가 집에서 나와 뒷산 약수터에서 봤다고 하더군요. 반은 미쳐 산을 기어오르면서 이 인간이 또 나를 잡는구나, 날 잡기 위해 별짓을 다 하는구나, 생각했어요. 다른 생각이 파고들지 못하도록 흥얼흥얼 노래도 부르고 남편에게 욕도 퍼부었어요. 그 틈새로 별의별 생각이 다 떠오르더군요. 신문사에서 내쫓길 때마다 어깨를 축 늘어뜨리고 왔던 거하며 생전 처음 시작한 사업 실패하고 시체처럼 널브러졌던 일, 대수술 받을 때마다 먹고사는 일에 급급해 혼자 집에 내팽개쳐 두었던 일… 이럴 줄 알았으면 차라리 절간으로 들어간다고 했을 때 잡지 말았어야 했는데….

으허어억, 말을 하는 동안 시종 가슴을 치고 쓸어내리면서 울음을 참아왔던 그녀가 고개를 숙이고 통곡을 했다. 나는 다방 안을 휘 둘러보았다. 그녀와 나 외에는 다른 손님이라곤 없었다. 긴 머리의 종업원은 카운터에 앉아 껌을 딱딱 씹으며 휴대폰을 들여다보고 있었다. 누군가와 문자를 주고받는 듯 까륵 하고 웃음을 터트렸다. 터미널 대합실을 연상케 하는 큰 홀의 낡은 다방은 썰렁하기 이를 데 없었다. 70년대 유행했던 포크 계열의 노래를 저음의 여자 트로트 가수가 콧소리를 잔뜩 섞어 흐느끼듯 부르고 있었다. 그녀는 탁자에 엎드려 알아들을 수 없는 말을 주절거리며 울었다. 실내는 그녀의 넋두리와 트롯 가수의 흐느낌으로 가득 차 있었다. 지나간 시절의 흑백 무성 영화를 보듯 다방 안 풍경은 낯설었다.

남편은 목에다 노끈을 칭칭 감고 있었어요. 눈은 허옇게 휘돌아가고 입에 거품을 문 채로 늘어져 있더군요. 다행히 숨은 붙어 있었어요. 하이고, 가져간 술 마시느라 늦게 목을 맨 모양입니다. 목에 감긴 노끈을 풀어내고 몇 차례 입에다 숨을 불어넣자 조금씩 의식이 돌아오더군요. 남편을 들쳐 업었는데 앙상한 뼈에 껍질만 붙은 남편의 몸이 손을 놓으면 그대로 훌, 날아가버릴 것처럼 가벼웠어요. 산을 내려오면서 내가 무슨 짓을 했는지 알겠습디다. 온몸에 오소소 소름이 돋았어요. 어떤 거대한 존재가 내 뒤에서 눈을 부릅뜨고 지켜보고 있는데 참 오만했구나 싶었어요. 살아가는 일이 만만한 것이 아닌데, 백척간두에서 한 걸음 나아가느냐 곤두박질치느냐 하는 것과 같이 바짝 정신 차리고 살아야 하는데… 그 거대한 존재는 내가 잠시 뜬구름을 잡아탄 사이 남편에게 목을 매도록 한 것이었어요.

5

그녀는 여행 가방 손잡이를 모아 쥐며 휴대전화를 열어 시간을 확인했다. 그때서야 나에게 여행은 어디로 가느냐고 물었다. 자기 때문에 차 시간이 지나버린 건 아니냐며 몹시 미안해했다. 나는 아무래도 상관없다고 말했다. 그녀는 마음이 놓이는지 다시 말을 시작했다.

선생님한테서는 바람이 뿜어져 나와요. 늘 고요함으로 가장

하고 있지만 바람을 품은 채 떠도는 선생님을 가슴 아프게 지켜보 았어요. 그 바람을 타고 한번쯤은 훌, 떠날 법도 한데 언제나 그 자리를 오롯이 지키고 있었어요. 남편과 살면서 나는 늘 꿈을 꾸 었어요. 허깨비 같은 남편 곁에서 멀리멀리 달아나는 꿈. 그 꿈을 꾸면서 지긋지긋한 삶을 견뎌냈어요. 그런데 남편이 죽겠다고 선 수치는 바람에 그 꿈도 깨지고 말았어요. 언젠가 무슨 책인가를 읽고 난 후에 선생님이 이런 말 하신 적 있어요. 살불살조. 부처 를 만나면 부처를 죽이고 조사를 만나면 조사를 죽여라. 그때는 그것이 무슨 말인가 했었는데… 그것이 말처럼 돼야 말이지요.

그녀의 말을 들으면서 나는 휴대폰을 꺼내어 시간을 확인했 다. 휴대폰 창에는 8:15라는 숫자가 떠 있었다. 줄곧 혼자만 말을 했던 탓에 몹시 지친 모양이었다. 자리를 옮겨 저녁이라도 먹으면 서 더 많은 얘기 나누자는 나의 말에 그녀는 힘없이 고개를 끄덕 였다.

얼굴에 따분한 빛이 역력히 배어있는 긴 머리의 종업원에게 계 산을 하고 이층 계단을 내려왔다. 묵묵히 앞서 걸었다. 즐비하게 늘어선 식당 골목에서 어디로 들어갈 것인가 머뭇거리고 있는데 말없이 따라오던 그녀가 나를 불러 세웠다.

그럼 잘 다녀오세요.

여행 가려던 길 아닌가요? 우선 식사부터 하죠.

내 말에 그녀가 가방을 들어 보이며 말했다.

저는 이미 다녀온 걸요. 여기 터미널 입구가 제 여행 목적지예요. 가방 그득히 온갖 상념 채워 집을 나서서 여기까지 오는 동안 길바닥에 하나하나 내려놓았어요. 자식도 내려놓고 남편도 내려놓고 세상 욕심도 내려놓고 또 나도 내려놓고… 며칠 이 짓 하다 보면 홀가분해져요. 정말 떠나버릴 것이 두려워서 언제나 이렇게 빈손으로 미친년 같은 형상을 하고 집을 나서요. 자유를 꿈꾸면서도 그것은 다만 희망일 뿐이고…… 선생님이나 잘 다녀오세요, 꼭.

돌아섰다. 뒤도 돌아보지 않은 채 그녀는 왔던 길을 갔다. 잰 걸음으로 분주히 걷다 걸음을 멈추고 되돌아서서 두 손을 입에 대고 소리쳤다.

세상을 향해 소리 한 번 지르지 못하고 나만 쥐 잡듯이 하는 인간, 그 인간에게 밥 챙겨 먹여줄 사람은 나밖에 없거든요. 선생님 고마워요, 기다려줘서. 그 돈, 반드시 갚을게요.

톤을 높여 경쾌하게 말하려 애쓰고 있었지만 그녀의 목소리에는 또다시 시작될 삶의 무게가 가득 실려 있었다. 어둠 속으로 사라지는 그녀를 지켜보고 있는 사이 휴대폰에서 문자가 왔다는 알림 벨이 울렸다.

엄마 모시고 누나 집에 와 있네. 엄마가 절대 내 집에 들어가지 않겠다고 떼를 써서. 휴가 내서 모시고 있을 테니 아무쪼록 여행 잘 다녀와.

바람이 불고 어느 사이에 비가 내렸는지 거리는 촉촉이 젖어 있었다. 도로 양옆으로 수북이 쌓여 있는 노란 은행잎들이 바람이 불 때마다 미친 듯 날뛰었다. 어젯밤 일기예보에서 이 비 끝에 겨울 색이 짙어진다고 했었다.

나는 오랫동안 터미널 주변을 서성거리다 환하게 불빛을 내뿜는 희망조류원이라는 간판을 발견했다. 호금조는 추위에 약한 새라며 각별히 살피지 않으면 겨울을 나기 힘들다고 했던 남동생의 말이 떠올랐다. 나는 그곳으로 들어갔다.

새 모이를 사 들고 총총 집으로 향하면서 살불살조, 하고 그녀가 했던 말을 가만히 되뇌어 보았다. 이 말을 가슴에 비수처럼 꽂고 살면서도 나는 나를 옥죄는 그 어느 것도 쳐내지 못했다. 사람은 자유자재한 삶으로 나아가려고 하는 의지와 자기를 스스로 가두어두고 살려는 노예근성을 동시에 가지고 있다. 시계추처럼 둘 사이를 끊임없이 왕래하면서.

「광주매일신춘문예」, 2004

살아남다 그리고 증언하다

김영삼_ 문학평론가

1

    사건을 기억하기 위한 글쓰기의 행위는 종결을 선언할 수 없다. 시간의 중력장은 기억의 반대편으로 작동하면서 사건을 망각의 지평선으로 가라앉게 만들고, 재현이 불가능한 참혹함은 언어의 무능력을 실감하게 한다. "인간의 기억은 놀라운 도구인 동시에 속이기 쉬운 도구"라는 문장은 기억의 언어가 빠지기 쉬운 함정을 가리킨다. 고통을 겪은 주체는 그것의 반복과 죽음의 공포를 피하기 위해 기억을 지우려 하고, 폭력을 행사한 주체는 죄의식으로부터 벗어나기 위해 기억의 치부를 지우려 한다. 그러니 기억은 표류하고 왜곡될 수밖에 없는 운명이다. 더욱이 함구명령을 받은 비밀스러운 사건일수록 기억은 죽음이라는 두려움과 맞서야 한다. 때문에 어떤 사건에 대해 '절대로 잊지 않을게'라는 말은 때때로 무력하다. 그러니 정미경 소설의 증언들은 바로 이 무력함의 지점에서 종결을 거부한 채 서사화된 언어들이다.

기억이 망각의 늪으로 가라앉지 않는 것은 사건이 주체에게 남긴 증상들이 잔존하기 때문이다. 살아남은 자들에게 생존의 대가로 남겨진 수치심과 부끄러움, 트라우마를 작동시키는 공포의 징후들, 신경증적 우울, 생존에 대한 강박적 집착, 순결과 위생에 대한 강박증 등 정미경 소설의 인물들이 겪는 이러한 증상들은 망각과 시간에 저항하면서 하나의 사건을 가리키고 있다. 그것은 바로 1948년 10월 여수와 순천을 포함 전남 동부에서 발생했던 봉기와 진압 과정에서 자행되었던 '민간인 학살'이다. 1기 '진실·화해를 위한 과거사 정리위원회'는 '여수·순천 사건' 당시 민간인 1,237명이 군인과 경찰에 의해 집단 희생된 것으로 발표했다. 그러나 1948년 11월 전남도 보건 후생당국의 피해조사에서는 전남 동부지역 6개 시군에서 2,633명이 사망하고 825명이 행방불명된 것으로 확인된다. 유족들은 1만 명에 가까운 사상자가 발생한 것으로 추산하고 있다. 이와 같은 불일치는 역사적 사건에 대한 기록과 기억이 온전히 객관적일 수 없다는 사실과 더불어 기억하기 위한 글쓰기의 행위가 종결될 수 없는 이유가 되기도 한다. 이 소설집에 실린 다섯 편(「공마당」, 「신전」, 「금목서」, 「독사의 뱃가죽」, 「알락뜸부기 ─ 어린 새, 울다」)의 이야기들은 모두 해당 사건 이후 남겨진 자 또는 살아남은 자들의 증언들이다. 때문에 정미경의 기억 작업은 역사적 사건에 대한 문학의 윤리가 무엇인지 또 이야기의 힘이 무엇인지를 생각하게 한다.

2

비극은 '손가락질'로부터 시작되었다. 「신전」의 문홍주는 14세의 소년병 빨치산이었다. 전투 중 허벅지에 총상을 입은 문홍주를 마을로 데려온 산사람들은 아이를 보살펴주고 일체 함구할 것을 요구했다. "노출이 될 시에는 마을을 전멸시킬 것이라고 엄포"(「신전」, p.42)까지 놓았다. 신전마을 사람들은 소년병이 낯설지 않았다. 이웃 마을 한약방 집의 손자였고 동네 아이들과 어울려 마을을 드나들기도 했던 아이였다. 하지만 치료를 받고 마을을 떠난 소년병은 얼마 후 국군과 함께 나타났다. 그리고서는 손가락질 하나로 사람들을 죽음으로 내몰았다. "이년이 밥해 줬어."(p.51), "이년은 감을 따 줬어."(p.52), "이년은 내 옷을 빨아 줬어."(p.53), "이놈이 나를 치료해 줬어. … 이년은 올벼쌀을 주었어."(p.57) 소년병의 손가락질 하나가 빨갱이와 내통했다는 증거가 되었다. 변명은 통하지 않았다.

열에 떠서 손가락질을 해대는 저놈은 철모르는 애기였다. 그놈이 나서서 빨갱이든 군인을 택한 것은 아니었을 게다. 총부리를 들이대니까 그때마다 이쪽저쪽에 붙었던 것이다. 고운 시선으로 보지는 않았지만 아직 사리분별 못 하는 애기니까 그 부모나 아이놈한테 원성을 퍼부을 수 없었다. 그러나 놈은 생각보다 고약했다. 모두가 놈에게는 할머니뻘 되고 할아버지뻘 되는 사람들이었다. 어머니뻘 되고 아버지뻘 되고 형뻘 되고 형수뻘 되고 누나뻘 되고 동생뻘 되고… 치료해 주면서 잠 재워주고, 밥 먹여주고, 옷 빨아 입히고, 지 새끼들 배 곯려 놓은 채 감나무에 주렁주렁 열려 있는 감 홍시 따 주고…. 그런 사람들을 전부 원수로 만들고 있었다. 이장은 군인들이 도착했을 때 지켜줄 것이라고 잠시나마 안도했던 것을 떠올렸다. 그러고 보니 군인 놈들은 지놈들이 말하는 빨갱이들보다 더 독한 놈들이었다. 세상이 미쳐가고 있었다.

— 「신전」, pp.58~59

유난히 밝은 달밤이었다. 신전마을 32가구 중 12가구 24명이 총을 맞고 쓰러졌다. 붉은 마녀를 색출하기 위한 사냥은 오직 붉은 피만을 요구했다. 마을 사람들은 "자신들이 내지르는 비명 소리가 행여 바로 뒤에 서 있는 가족들에게 누가 될까 두려"(p.63)워서 비명조차 삼켰다. 소설은 인과법칙과 합리적 이성 따위가 존재하지 않았던 학살의 야만성과 처참함을 증언하고 있다. 이것이 더욱 비극인 것은 저 손가락질이 부정칭의 아무에게라도 향할 수 있다는 우연성에 있다. 누구라도 그럴 수 있는 사소한 행위 또는 필연이 배제된 우연성이야말로 비극의 일차적 요소가 아니던가. 지옥의 문은 죄목을 묻지 않고 열렸으니, 손가락의 끝이 향하는 곳이 바로 지옥이었다.

> 엄마의 이야기를 들으면서 나는 하마르티아를 떠올렸다. 그것은 화살이 과녁을 비껴가는 일을 가리키는 말이었다. 그 말을 최초로 쓴 사람에 따르면 사람들이 불행에 빠지는 이유는 그들이 범한 악행 때문이 아니라 이 하마르티아 때문이다. 이것은 우리 집에서 발생한 비극과 거의 맞아떨어진다. 화살이 당겨졌다. 과녁을 향해 날아가던 화살이 느닷없이 급선회하면서 생각지도 못했던 대상에게 꽂힌다. 그 화살을 맞은 사람은 화살을 쏜 사람의 잘못인가, 아니면 생에서 범한 자신의 어떤 과오에 대한 벌인가.
>
> — 「금목서」, pp.74~75

과녁을 비껴간 화살은 무차별적으로 지옥의 문을 열었다. 「독사의 뱃가죽」의 화자는 순경들이 마을에서 "좀 모자란 놈"(「독사의 뱃가죽」, p.97)을 골라 손가락질을 하게 시켰고 "빨갱이짓거리 한 사람이 누구냐 한께 그 모지리가 막 손가락질을 해분 거여."(「독사의 뱃가죽」, p.97)라고 증언했고, 「공마당」에서의 "직원이 손가락질"(p.26)을 한 후 별순 엄마의 아버지와 작은아버지는 죽음으로 내몰렸고, 어린 소녀는 반란군의 연락책이 아니냐는 군인들의 다그침으로부터 벗어나기 위해 마을의 한 부잣집을 가리켰고(「공마당」), 「금목서」에서 큰할아버지의 친구는 고문 끝에 친구의 동생을 지목할 수밖에 없었다. 고문과 죽음의 공포를 이겨내지 못한 채 나온 이 손가락질은 진실이 아니라 생존을 위한 거짓의 결과일 뿐이었다. 진실보다 피가 요구되던 시절이었고, 하나의 삶이 다른 삶을 지옥으로 몰아넣게 만들던 시절이었다. 소설에 실린 증언의 목소리들은 모두 이 지옥을 간신히 비껴간 남겨진 자들의 것이다.

3

증언과 기억을 거부하려는 망각의 욕망은 기어이 억압된 것들의 귀환과 만나게 된다. 억압된 트라우마는 반드시 어떤 징후와 증상을 수반한다. 「공마당」의 '엄마'는 오랜 시간을 들여 딸의 머리를 정리한다. 깨끗한 옷을 입히고 연필도 뾰족하게 깎아서 정돈한다. 딸의 친구 별순이네의 고물상에는 가지 말라고도 한다. 그곳은 '반란군'과 같은 사람들이 사는 곳이고 무엇보다 지저분하기 때문이다. 엄마가 보여주는 이런 위생 강박은 트라우마를 은폐하기 위한 기만술이며, 이는 이내 자신이 틀리지 않았다는 자기증명을 위한 집착으로 변환된다. 어린 시절 군인들의 다그침에 어쩔 수 없이 자신이 가리켰던 그곳에 정말로 '반란군'들이 숨어 있었을지도 모른다는 망상은 오랜 시간이 흐른 뒤에도 공떡 할머니의 구멍 가게를 몰래 찾아 "그 집 마루 아래"(p.32)에서 무언가를 찾으려는 노이로제로 진행된다(아마도 공떡 할머니의 집이 어린 그녀가 지목했던 집일 것이다). 이러한 자기기만은 국가폭력이 명명한 '반란군—산사람'에서 '더러움—가난—폭력' 등의 차별과 혐오로 확장 증폭되고, 이러한 자기증명의 절실함과 집요한 환상은 딸에 대한 위생과 청결의 강박으로 굳어졌을 것이다. 깨끗하고 공부를 잘 하는 사람에게는 누구도 손가락질을 강요하지 않을 것이라는 믿음도 더해져서 말이다.

엄마의 이와 같은 '멸균' 강박은 소설의 시대적 배경이 되는 유신 시대의 '멸공'이라는 반공이데올로기적 신경증과 닮았다. 낯선 타자에 대한 병적 거부감에는 그것이 언젠가 주체와 가까운 것이었다는 두려움이 내재되어 있을 가능성이 짙다. 그러니까 강박적 거부에는 이른바 '언캐니(uncanny)'한 것들에 대한 두려운 낯설음이 내재되어 있다. 주체가 상황을 명확하게 파악할 수 없는 어떤 불확실성에서 파생된 'uncanny'함을 규명하기 위해 프로이트는 Heimlich(편안한, 익숙한, 은폐된)와 Unheimlich(낯선, 두려운, 불편한, uncanny)의 관계에 주목한다. 어둠 속에 남아 있어야 하지만 그 어둠 속에서 탈출해버린 대상을 프로이트는 'Unheimlich'로 지칭한다. 무의식으로 억압되어야만 하는 대상이 의식으로 회귀할 때 낯설고 두려운 감정이 주체를 지배한다. 그런데 Unheimlich와 Heimlich이라는 두 단어는 의미의 중첩관계를 이루고 있다. 접두사 'Un-'을 제거하면 두려움은 익숙함으로, 불편함은 은폐된 편안함으로 변환된다. 이는 Heimlich한 상태가 무언가를 억압하고 있는 상태이며 이 억압된 대상이 회귀하면 주체는 Unheimlich한 감정에 휩싸이게 된다는 것을 의미한다. 이는 두 가지의 상태가 서로 전이할 가능성을 내포하고 있으며 두 상태가 본질적으로 다르지 않은 짝패라는 것을 지시한다.

그러니 「공마당」의 엄마가 보여주는 위생의 강박에는 언젠가 그 경멸의 대상과 가까웠다는 사실과 그것이 회귀하는 것에 대한 두려움을 방증하고 있고, 자신의 딸만큼은 그 억압의 대상과 친밀해지지 말았으면 좋겠다는 소망이 담겨 있다. 그러니까 "고물상 가지 말고. 그 반란군 떼 득실대는 도적들 소굴 같은 곳"(p.12)이라는 엄마의 말에는 신경증적 자기기만과 함께 비극이 반복되지 않기를 바라는 애원이 담겨 있다. 실제로 '고물상'에는 자신처럼 손가락질의 저주와 연루된 별순의 엄마가 있기도 하니, 두렵고 낯선 그곳에는 익숙했던 것이 은폐되어 있는 셈이기도 하다.

멸공과 멸균은 이 낯선 것에 대한 두려움이며 그것의 귀환에 대한 두려움이다. 여순사건의 주체들이 한때 군인이었다는 사실과 반란군(산사람)이었던 사람들이 한때 나의 가족이거나 이웃이었다는 사실을 주시할 필요가 있다. 그러니 멸공 또는 멸균의 강박은 우리 안에 그것이 함께 존재했다는 사실의 반증이며 억압했던 존재들의 귀환에 대한 두려움의 표현이다. 그리고 억압된 것들의 회귀는 주체에게 에로스와 짝패인 타나토스의 감정을 유발한다. 소설에서 엄마의 자살은 결국 자신의 자기기만과 억압이 실패했음을 증명하는 서사적 장치로 볼 수 있다.

4

실패한 인물들이 더 있다. 먼저 「독사의 뱃가죽」의 화자가 있다. '반란군'과 내통했다는 마을 '모지리'의 무고로 인해 경찰서에 연행된 아버지의 시체를 본 그녀의 말이다.

나가 뭘 봤는지 아는가. 흐컨 발. 미처 거적때기에 덮이지 않은 그 보드랍고 흐컨 발. 백설기같이 흐커데. 그때 내 눈에는 그렇게 보이드란 말이시. 기억이란 것이 믿을 것은 못 되지만 참혹하게 뭉개진 얼굴 저만치 뚝 떨어져 있던 그 흐컨 발이 평생 내 눈에서 떠나지 않았네. 아버지는 뭉개진 얼굴보다 그 흐컨 발로 남았네. …… 할매 손가락 사이에서 나는 봤네, 틀림없이, 그 백설기같이 흐컨 발을. 홱하니 눈깜박할 새 담벼락을 타넘으면서 히끗 내보이는 독사의 황금빛 뱃가죽을 보대끼 그렇게 본 거여. …… 사람들이 나보고 항상 밝다고 하는디 그것은 아버지의 흐컨 발 때문이여. 사는 것이 다 헛것이여. 진실 그런 게 있다요. 아버지의 뭉개진 얼굴이 진실인디 그것으로부터 눈을 거둬 본 흐컨 발은 거짓부렁 아니요. 나는 한마디로 진실을 외면해부렀제.

- 「독사의 뱃가죽」, pp.98~100

그녀가 외면한 진실은 두 가지다. 하나는 그녀의 아버지가 실제로 '반란군'과 한패였다는 사실이다. "시국을 잘못 만나 내 아들이 죽었네"(「독사의 뱃가죽」, p.101)라는 할머니의 억척스러운 우격다짐은 남겨진 자들의 생존을 위한 주문이었다. 그녀와 할머니가 공유한 이 진실은 절대 발설되어서는 안 될 비밀이었지만, "울 아버지가 빨갱이였다는 말이 나와버릴 것 같아서 입도 뻥긋 못 하겠드란 말이여"라며 고백하는 이유는 "선생님은 아군"(이상 「독사의 뱃가죽」, p.117)이어서가 아니라 아버지와 관련된 진실을 감추며 산다고 해서 삶이 결코 행복해지지 않는다는 사실을 뒤늦게 알았기 때문이다.

그리고 이는 '아버지의 뭉개진 얼굴' 대신 '흐컨 발'을 기억함으로써 불행한 기억으로부터 벗어날 수 있을 것이라고 여겼지만 사실은 그것이 자기기만이고 착각이었다는 또 하나의 진실과 연관된다. 아버지의 죽음 이후 그녀가 겪어온 인생의 역정에는 어디에도 행복이 존재하지 않았다. 다만 살아남는 것 자체의 힘겨움과 배고픔의 고통만이 가득했다. 하얀 뱃가죽(흐컨 발)이 결코 독사의 본성이 아니라는 점을 그녀는 오랜 세월이 지난 후에 알게 된 것이다. 그러니 "진실 그런 게 있다요"라는 말에는 자신의 기만술이 실패했음을 자백하는 말과 다르지 않다.

　물론 「독사의 뱃가죽」의 그녀가 고백한 기만은 「공마당」의 엄마의 기만과는 다르다. 악착같은 생활력으로 삶을 유지했던 그녀의 삶이 외출도 하지 않은 채 어둠에 숨어 끝까지 은폐와 억압을 하려 했던 「공마당」의 그녀와 같을 수는 없겠다. 한 사람은 삶을 살아내면서 진실을 드러내고 증언했지만, 한 사람은 억압된 것들의 회귀를 끝끝내 막아서려다 실패한 셈이니까.

　또 다른 실패의 사례는 「알락뜸부기」의 외할아버지의 유형이다. 그는 읍사무소에 근무하는 아들을 위해 마지막까지 딸의 희생을 요구했다. 또 딸의 생존력과 유사한 느낌을 주는 둘째 손녀의 울음소리에 신경증적 반응을 보인다. 이는 남겨진 자들의 생존을 위해 억압된 존재들 또는 그와 닮은 존재들에 가하는 Unheimlich의 감정과 같다. 그리고 아내의 집안이 '반란군'과 연루되어 있다는 이유로 가정폭력을 자행한 「공마당」의 별순 아버지와 「독사의 뱃가죽」의 남편이 이 유형에 포함된다.

　　"사장 각시 말이여. 장가도 안 간 작은아버지가 빨갱이 짓을
해갖고 아버지까지 죽어부렀제. 작은아버지가 아버지 일하는 술
도가로 쫓겨 들어온께 숨겨 줬지. 경찰이 들이닥치자 같이 일하
던 직원이 손가락질을 해 줬는갑서. 요 밑 경찰서로 잡혀갔지. 다
음 날 둑실마을로 끌려갔다여. …… 군인들이 시퍼렇게 산 사람
을 총살해갖고, 구덕을 파서 한꺼번에 때려 넣고는 기름을 들이
부어 …… 거기 사장 각시 아버지랑 작은아버지가 있었던 거여."

　　"근디 사장 저 작자는 어쩐다고 한 번씩 저리 나타나서 뼈다
구만 남은 각시를 뚜드러 패는가 몰라."

　　"즈그 처가가 반란군으로 안 몰려부렀다고. 그래 빨간 줄이
그어져서 지금껏 경찰이 따라붙고. 아들 하나 있는 거 학교서도
안 받아주고, 거기다 월남 전쟁도 못 가고 헌께 분풀이하는 거
제. 복장 터지는 일이긴 헌디 그게 각시 죄란가."

- 「공마당」, pp.26~27

　　요건 참말로 비밀인디이 60, 70년 경에 한참 외국 바람 안
불었다고. 그때 남편도 돈 좀 벌어보겠다고 사우디를 갈란다고
했어. 근디 경찰서에서 신원조회 받을 때 빨간 줄이 있었는갑
서. 말하자면 연좌제에 걸렸어. 술 마시고 나를 두들겨 팬 이유

가 그 거여. 생전 보지도 못한 장인에게서 발목 잡혔다 그거제.

묵고 사느라고 그런 말이 귀에 들어오지도 않았어. 우리 집이나

작은집이나 어디 관공서라든가 회사에 취직이라도 할 애기들이

있었으면 모를까 다 무지렁뱅이로 그날그날 묵고살기 바빴은께

알아볼 생각도 못 하고.

- 「독사의 뱃가죽」, p.116

이들의 폭력은 실패의 원인을 타인에게서 찾으면서 자신의 실
패를 은폐하려는 기만이다. 「독사의 뱃가죽」의 남편은 단 한 번도
믿을 만한 생활력을 보여준 적이 없었다. 이들은 차별과 혐오와
증오의 이데올로기에 동조함으로써 자신들의 가족을 지옥의 문으
로 밀어넣음으로써 자기 스스로의 삶도 파괴해버렸다. 만약 '빨갱
이'와 연루된 가족의 과거가 존재하지 않았다면 자신들의 삶이 성
공과 행복에 더 가까워질 수 있었을 것이라는 헛된 믿음이 자행한
폭력이 사실은 자기 스스로를 불행의 늪으로 빠지게 한 자책골에
가깝다는 사실을 몰랐기 때문이다.

이들의 헛된 믿음은 마치 달콤한 엿과 같아서 신기루처럼 금세
사라져버린다. 누군가와 불행과 누군가의 행복을 맞바꿀 수 있다
는 교환관계는 허상이다. 권력을 위해 동원된 멸공의 강박처럼, 증
오와 혐오로 인한 학살의 대상이 결국은 자신들의 이웃이고 가족이
었던 것처럼, 무의식으로 억압된 기억들이 언젠가는 귀환하는 것처

럼, 누군가의 희생을 요구하는 폭력이 결국 자신에게 가하는 폭력이었던 것처럼, 「공마당」의 별순과 화자가 유신의 공포정치를 무화하기 위한 영화 〈별들의 고향〉에서 결코 별을 볼 수 없었던 것처럼 말이다. 신기루는 배고픔이 만들어낸 굴절된 환영에 불과하다.

사건이 남긴 고통과 슬픔은 잠복하지만 결코 사라지지 않는다. 이 책의 수많은 증언들에는 그것들이 언젠가는 언어의 외투를 걸치고 의식의 영역으로 뚜벅뚜벅 걸어들어 오고 말 것이라는 사실을 증명하고 있다.

5

그래서 망각에 저항하는 기억이 필요하다. 하지만 증언의 언어는 자주 비틀리고 어긋나며 멈칫거리고 주저한다.

시간은 모든 것을 소멸시켜 형체를 찾을 수 없고. 친구들은 꿈속으로 찾아와 억울함을 하소연하고. 나는 어떤 말도 할 수가 없고. 두렵다. 겪어 보지 않은 사람은 모른다. 지옥에 갔다 살아 돌아온 사람은 죽어서도 그 이야기를 할 수가 없다는 것을.
— 「알락뜸부기」, pp.140~141

증언한다고 나온 사람들 다 잘 합디다만 그 말, 속옛말을 다 했을까… 지옥을 댕겨온 사람들인디 그 세상에서 겪은 일을 다 말했을까, 할 수가 있었을까…. 힘들면 굳이 말 안 해도 돼? 하지 말란께 또 하고 잡네. 기왕에 이렇게 된 거 오늘 하려고 했던 말 해 볼라요. 들어주실라요? 나가 편하게 말 놓을라네. 선생님 아군 맞제?

— 「독사의 뱃가죽」 p.96

채록된 화자의 말들에서는 사건의 참상을 온전히 재현할 언어를 도무지 찾을 수 없다는 막막함이 담겨 있다. 참혹한 현실과 정확히 대응하는 언어가 존재하지 않는다. 그러나 역설적으로 정미경 소설들에 쓰인 증언의 언어들은 이 불가능성의 자리에서 빛을 발한다. 참혹한 사건을 기억하는 것만으로도 문법 자체가 파괴되는 느낌일 터, 아우슈비츠의 증언을 서술하다 "오직 그의 목소리에서만 우리는 이질적이고 낯선, 그리고 악의에 찬 그 무엇인가를 느낄 수 있을 뿐"(알다이라 아스만, 『기억의 공간』, 변학수·채연숙 옮김, 그린비, 2011, 352쪽)이라는 고백에서 우리는 문자와 서사가 미처 도달하지 못한 기억의 핵심에 닿기 위해 필요한 것은 오직 살아남은 자의 육화된 목소리뿐이라는 점을 깨닫기 때문이다. 진한 전라도 사투리도 기록된 소설의 문장들은 문법화된 문장이나 정연하게 플롯화된 서사보다 육화된 입—말이야말로 재현의 불가능성을 초과한다는 사실을 알게 해준다.

그러니 작가가 동일한 사건을 대상으로 여러 편의 작품을 쓸 수밖에 없었던 이유가 여기에 있다. 그것은 언어가 사건을 모두 담아낼 수 없다는 재현의 불가능성 때문이다. 언어를 초과하고 문법을 무력화하는 고통이 기억에 담겨 있기 때문이다. 그러니 서사는 거칠다. 사건에 대한 진술과 감정이 뒤섞인다. 과거와 현재가 혼재되고 플롯은 파괴된다. 이는 기억이 오랜 시간 동안 잠복된 상태였다는 점을 증거한다. 한 번도 발설되지 않았던, 발설될 수 없었던 기억이라는 증거다. 여러 번의 진술을 겪은 사건들은 서사적 틀을 갖추게 된다. 이야기의 골격을 갖추면서 논리적 서사가 된다. 반대로 잠복된 기억은 언어가 낯설다. 당연히 서사는 뒤틀리고 어지럽다. 그래서 이 책에 기록된 증언들은 모두 떨어진 꽃잎들처럼 붉고 어지럽다.

6

「알락뜸부기」의 날것에 가까운 목소리를 더 읽어 본다.

그 눈들…. 내 몸뚱어리에 엉겨 붙어 평생 나를 지켜보고 있었어요. 이 몸뚱이가 부끄러워 지금도 갈가리 찢고 싶소. ……

어떻게 잊는다요. 잊고 싶다 해서 잊히는 것도 아니고. …… 엄니 말대로 잊기 위해 평생을 몸부림쳤소. 산으로 끌려가 산사람들에게서 당한 수모, 목숨 걸고 도망 나온 우리에게 총부리 들이댄 군인들, 동무들이 죽는 모습을 두엄자리에 숨어서 지켜본 일, 혼자 살아나와 사람들에게서 받은 따가운 눈초리, 무엇보다도 혼자 살아나왔다는 자책감…. 행여 기억에서 사라질까, 잊지 않기 위해 몸부림쳤소. 그러다 또 기억에서 지워버리기 위해, 잊기 위해 발버둥치고. 살아 돌아온 이후 내가 한 일은 그것이 전부인 갑소. 다 토해내고 깨끗이 잊어버리라는데 그것이 새끼들과 내가 살 길이라는데… 말을 하는 것은 그 일을 기억하는 것이고, 그것은 다시 그 고통을 겪는 것이고. 엄니, 나는 못 허요, 절대 못 허요.

…… 옷에 박힌 나락가시 뽑듯 하면 될랑가. 금자와 외순이가 어떻게 죽었는가. 세상 사람들에게 알려 그 한을 풀어주어야 하는데. 내가 살아 돌아왔을 때 마을 사람들은 나 땜시 산사람들이나 군인들이 들이닥쳐 해꼬지나 하지 않을까 면전에서 외면하고 또 박대했소.

— 이상, 「알락뜸부기」, pp.134~136

폭력은 좌우를 가리지 않고 자행되었다. 산사람들에게 끌려간 그녀들은 노동력만 착취당한 것이 아닌 듯하다. 겨우 도망친 그녀들이 만난 군인들 또한 결코 내 편이 아니었다. 그녀들은 자신의 의사와 무관하게 상대방에 대한 증오와 혐오의 대상으로 치환되었다. 마을 사람들은 자신들의 생존을 위해 혼자서 살아 돌아온 한 사람에게 주홍글씨를 새겼다. 그녀는 살아 있지만 살아 있지 않는 '산−죽음'이 되어버렸다. 그녀에게 언어는 허락되지 않았다. 그녀의 아버지는 "세월이 흘러 그때보다 나아졌다고는 해도 지금이 유신 시절도 숨 못 쉬는 건 마찬가지여. 니 오라비 꿈 다 접고 어찌어찌 읍사무소라도 다니는디, 그것도 시뻘건 줄 그어져 빨갱이 가족이라 해서 입도 뻥긋 못 한다."라며 침묵과 망각을 종용한다. 구들장에 숨겨놓은 오빠를 살리기 위해 그녀는 산사람들에게 대신 끌려갔다. 그리고 이제 읍사무소에 다니는 오빠를 위해 그날의 기억을 잊어야만 한다. "또 누굴 잡을라고"(이상 「알락뜸부기」, p.136)라는 늙은 아비의 말에는 아들의 삶을 위해 여성의 희생을 당연시하는 가부장의 초라한 항변과 증언의 말들이 가져올 비극의 반복에 대한 두려움이 담겨져 있다.

그럼에도 불구하고 그녀는 기어이 증언을 해야만 했다. 망각은 인간이라는 가치에 대한 눈돌림이고 회피와 같다. 이는 수치를 요구한다. 산사람들에게 당한 모욕과 동무들과 함께 죽지 못했다는 죄책감이 수치가 아니라, 비−인간으로의 전락을 요구하는 것이 바로 수치의 핵심이다. 그녀의 증언 행위는 어떤 이데올로기나 담론으로 이론화할 수 없는 이 감정에서 촉발되는 것이다. 때문에 그녀는 자살하지 않는다. 자살은 온전히 인간의 선택이다. 존엄을 지키기 위한 마지막 선택이다. 그러나 그녀는 인간이 되기 위해 기억하고 증언하려 한다. 존엄을 찾기 위해 말하려 한다. 인간만이 수치스러움과 부끄러움을 알기 때문이다. 그러니 그녀의 증언은 인간이라는 범위에서 벗어나지 않기 위해서 망각과 맞서는 행위이다. 「알락뜸부기」가 그려내는 이야기는 생존이라는 대의가 지닌 뻔뻔함과 질김에 맞서는 근원적인 인간됨에 대한 투쟁이다.

7

생존은 질기고 뻔뻔하다. 「알락뜸부기」에서 '미원'의 어린 동생이 보여주는 생의 의지는 질기다 못해 억세다. "비료 푸대에 둘둘 말아 윗목에 밀어두었"던 갓난아기는 끊임없이 울면서 기어이 살아남았고, 찬물에도 "힘차게 숟가락을 빨아 당겼"(이상 p.129)고 "매번 밥상을 향해 돌진"(p.131)한다. 쇠고랑을 들고 위협하는 외할아버지의 폭력에도 울음으로 저항했고, 울지 말라며 자신을 밀어내는 언니의 품으로 달려든다. 미원의 내면에 웅크린 '악마'도 차마 어린 동생을 밀어내지 못한다.

그런가 하면 때로 생존은 힘겹고 벅차기도 하다. 「독사의 뱃가죽」에서 풀어낸 화자의 삶은 배고픔과의 투쟁이었다. '반란군'에 연루된 아버지의 죽음과 젊은 어머니의 재가 그리고 작은어머니의 차별과 시대의 가난에도 그녀는 꿋꿋하게 생존했다. 똥리어카와 배추리어카를 끌면서 돈을 벌었고 남편과 어머니의 병수발을 해내면서도 생을 포기하지 않았다. 「금목서」의 여인들도 이와 다르지 않아서 소설은 여순사건과 연루된 죽음에 대한 것이 아니라 오히려 남겨진 여인들의 신산한 생존의 기록으로 읽힌다.

해설을 쓰기 위한 몇 차례의 정독 후 나의 기억에 남은 것은 소설 속 수많은 어머니 또는 할머니들의 삶의 여정들이었다. 기실 정미경의 소설들은 사건 자체가 아니라 사건 이후 남겨진 자들이 겪어야만 했던 삶과 생활의 힘겨움에 대해 주목하고 있다. 이는 서사의 성격을 민간인학살이라는 부끄러운 역사에 대한 증언만이 아니라 그로 인해 차별받고 마녀사냥의 대상이 될 수밖에 없었던 인물들과 그 가족들의 삶에 대한 문화기술지와 가깝게 한다.

사실 소설의 어디에도 '여순사건'이나 '제주4·3사건'이라는 표현이 등장하지 않는다. 이는 작가 스스로 글쓰기와 증언의 목소리들이 역사적 사건에 대한 기록으로 읽히기를 바라지 않는다는 의도로도 읽힌다. 이데올로기가 아니라 밥이 이들의 삶에 더 중요한 가치였고, 국가나 역사가 아니라 자식과 가족들이 더 중요한 삶의 이유였음을 알게 한다. 「금목서」의 연구원이 국가폭력과 역사적 의미를 이야기할 때마다 늙은 두 여인은 "국가가 다 뭐다요"(p.80)라며 자식들을 키우고 밥을 먹이며 생존했던 기억들을 말하는 데에는 이런 이유가 있다. 사건 자체가 아니라 사건 이후 생존한 그녀들의 삶을 증언한 것이다. 그래서 그 기억들은 순수하다. 작가는 증언에 편집과 플롯을 생략하고 날것의 언어를 그대로 담아냄으로써, 말과 목소리에 각인된 생존의 처절함을 재현하는 데 성공하고 있다. 정미경의 소설들에 쓰인 그녀들의 진한 전라도 사투리에는 의례화되고 기념비화되는 역사적 의미를 초과하는 정동이 스며 있다. 그러니 이 작품집의 증언들을 읽을 때에는 반드시 소리 내며 강독할 것을 권한다.

　연구소에서 구술채록을 시작한 지 다섯 해째다. 채록을 한 날이면 집으로 돌아오는 길에 마트 들러 막걸리 한 병을 샀다. 녹화된 영상에서 그분들의 말을 옮겨 적으며 나는 한순간 비명 한 번 지르지 못하고 죽어간 사람들, 그들을 가슴에 묻고 행여 가슴옷자락 풀며 튀어나올까 봐 숨 한 번 제대로 쉬지 못하고 살아온 사람들을 감당하기 힘들었다. 이 소설집에 수록된 소설들은 채록을 하는 틈틈 한 문장씩 쓴 것이다. 작품에서 사건 자체에 대한 언급을 피하고 그 이후를 말한 것은 지금도 그 사건이 계속되고 있기 때문이다. 연좌제의 고통, 빨갱이 자식이라는 손가락질… 그런 극한의 예외상태에서 여성들은 피해자끼리의 가해에서 또다시 피해자로 등장한다. 그녀들은 자신들의 삶이 어떻게 황폐화되는지 이야기한다. 그러나 그것을 피폐한 삶이라고 할 수 있을까. 그녀들은 죽은 자 살아남은 자 모두를 끌어안고 질긴 생명력으로 생존 이후의 생존을 시도한다. 나는 '그녀'들이 한 번도 꺼내지 못한 말들을 마음껏 하기를 바랐다. 웅어리진 길고 긴 이야기를 풀어내기를 바랐으며 또 그 끝없는 이야기를 들어주고 싶었다. 이번 소설집은 그것으로 족하다. 소설이 무엇이어야 하는가 하는 소설의 문법 혹은 미학에 대해서는 눈 한 번 감기로 했다.

　나는 느리고 미련한 사람이다. 늦은 나이에 신춘문예를 통과한 뒤 잠시 소설 쓰는 일에 집중했다. 그때 합평자들 사이에서 더러 나왔던 말이 내 소설에 드러난 불같은 감정에 관한 거였다. 고민 끝에 냉철한 이성적 사유를 요하는 논문 한 편을 써 보기로 했다. 그것은 생각만큼 쉽지 않았다. 논리적으로 말을 하고 글을 쓰는 학문적 공부는 태생적으로 그것과 거리가 먼 내게 늘 부끄러움과 열등감을 안겼다. 한두 번 발을 뺐다가 소설을 위해 견뎠다. 기왕에 들어선 길에서 두 번의 학위를 받고 뜻밖의 강의를 하는 동안 10년, 더하여 그 절반의 시간이 흘렀다. 나는 한 번도 소설을 잊은 적이 없다. 아는 분의 권유로 전남문화재단에 창작지원금을 신청했다. 영영 한 편도 쓸 수 없을 것 같아 그렇게 결박되어서라도 써야 할 듯했다.

　부끄러운 책이라도 내놓으니 감사드려야 할 이들이 많다. 소설로 인연을 맺어 무수한 책을 읽고 공부하게 하셨던, 너의 삶이 자산이니 좋은 소설 쓸 수 있을 거라고 지금까지도 희망주시는 한승원 선생님. 늘 다른 길에서 배회하는 모습만 보여드렸다. 좋은 소설 쓰라고 하실 때마다 넙죽넙죽 대답하였으니 이제 약속을 지켜야 하지 않을까. 애시당초 절절 끓는 감정 속에서 차가운 이성과는 거리가 멀었던 늦깎이 제자에게 슬쩍 책 한 권씩 챙겨주셨던 임성운 교수님, 목소리 내지 못하는 만학의 제자 배려하고 이끌어

주신 최현주 교수님, 마음 깊이 감사드린다. 남편과 아들, 내 동생 정숙경에게도 고마운 마음 전한다. 곁에 있으면서 느리고 미련한 나에게 힘을 불어넣어준 따뜻한 분들께 부끄럽지만 이 책을 드리고 싶다.

늘 단아하고 수줍음 많던 나의 엄마에게 그리고 '그녀들'에게 이 책을 바친다.

너, 길눈 어둡지. 그렇다면 구상에 목숨 걸어야 해. 도반이 말했다. 부끄럽다. 이를 상쇄할 작품을 쓸 일이다. 부끄러움에서 출발하는 건 유감스러운 일이지만 늦게나마 시작했으니, 그리하여 다음을 기대해 볼 수 있으니 다행이다.

2021년 12월
해원 정미경

공마당

정미경 소설집

초판1쇄 찍은 날 | 2021년 12월 27일
초판1쇄 펴낸 날 | 2021년 12월 31일

지은이 | 정미경
펴낸이 | 송광룡
펴낸곳 | 문학들
등록 | 2005년 8월 24일 제 2005 1-2호
주소 | 61489 광주광역시 동구 천변우로 487(학동) 2층
전화 | 062-651-6968
팩스 | 062-651-9690
전자우편 | munhakdle@hanmail.net
블로그 | blog.naver.com/munhakdlesimmian
값 12,000원

ISBN 979-11-91277-39-5 03810

- 이 책은 🎨 문화재단의 2021년도 지역문화예술특성화지원사업의
  지원을 받아 발간되었습니다.